KB114589

내귀에 해설이 들려

내 귀에 해설이 들려 13

설경구 현대 판타지 소설

초판 1쇄 찍은 날 § 2021년 4월 14일
초판 1쇄 펴낸 날 § 2021년 4월 21일

지은이 § 설경구
펴낸이 § 서경석

총괄팀장 § 노종아
편집책임 § 강서희
디자인 § 소소연

펴낸곳 § 도서출판 청어람
등록번호 § 제387-1999-000006호
등록일자 § 1999. 5. 31
어람번호 § 제1-3130호

주소 § 경기도 부천시 부일로 483번길 40 서경B/D 3F (우) 14640
전화 § 032-656-4452 팩스 § 032-656-4453
http://www.chungeoram.com
E-mail § chungeorambook@daum.net

ⓒ 설경구, 2019

ISBN 979-11-04-92336-4 04810
ISBN 979-11-04-92190-2 (세트)

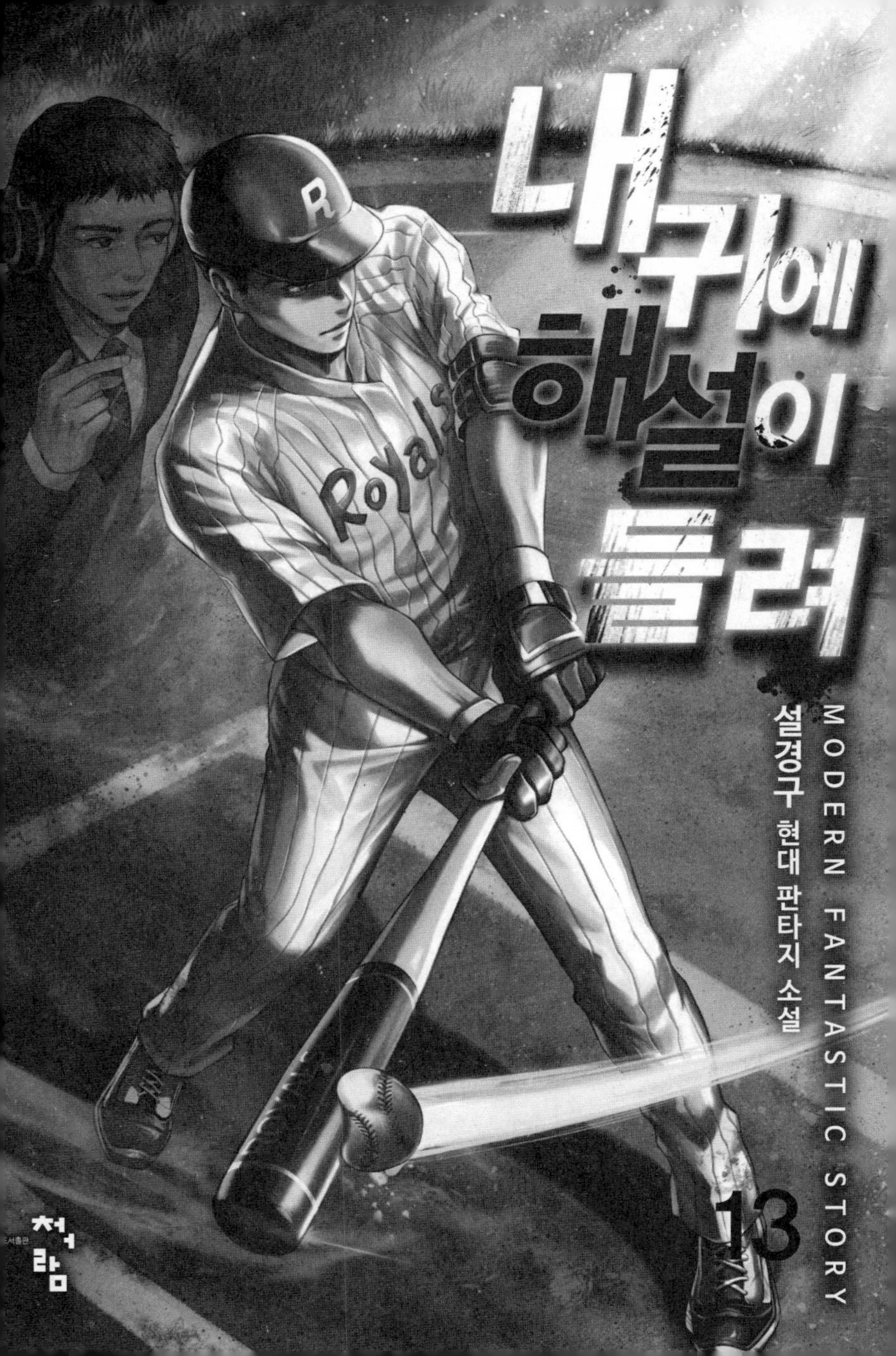
내 귀에 해설이 들려
설경구 현대 판타지 소설
MODERN FANTASTIC STORY
13
청람
Royals
R

내 귀에 해설이 들려

목차

제1장

지이잉. 지이잉.

침대 맡에 놓아둔 휴대전화 진동음에 박건이 힘겹게 눈을 떴다.

'이 시간에 누구야?'

이른 시간에 걸려온 전화로 인해 수면을 방해받은 박건이 와락 인상을 구기며 휴대전화를 향해 손을 뻗었을 때였다.

"빌 제임스다."

"네?"

"후배에게 전화를 건 게 빌 제임스라고."

'빌 제임스가… 이 시간에 내게 전화를 걸었다고?'

이용운의 이야기를 들은 박건이 당황했다.

필라델피아 필리스 구단 소속 스카우터인 빌 제임스가 자신에게 먼저 연락을 한 것이 의외였기 때문이었다.

'왜 내게 전화한 거지?'

빌 제임스가 자신에게 전화를 건 목적을 헤아리기 어려웠기에 박건이 고개를 갸웃했을 때, 이용운이 다시 말했다.

"슬슬 소문이 퍼지기 시작했나 보구나."

"무슨 소문이요?"

"마이애미 말린스가 올 시즌을 포기했다는 소문."

"네?"

"그래서 트레이드를 통해 리빌딩을 진행하면서 내년 시즌을 대비한다는 소문이 슬슬 돌기 시작한 것 같다. 그리고 제임스 윤은 눈치가 빠르구나."

"그건 또 무슨 뜻입니까?"

"빌 제임스가 이 시간에 연락한 것, 제임스 윤이 트레이드에 대해서 언질을 줬기 때문일 확률이 높다."

잠이 덜 깨서일까.

이용운이 꺼내는 이야기들을 제대로 이해하기 어려웠다.

해서 박건이 두 눈을 연신 껌벅이고 있을 때, 이용운이 재촉했다.

"빨리 받아봐라. 내 짐작이 맞는지 확인해 보게."

그 재촉을 받은 박건이 더 머뭇거리지 않고 일단 통화 버튼을 눌렀다.

"박건입니다."

"박건 선수, 저 빌 제임스입니다. 너무 일찍 전화드려서 죄송합니다."

"괜찮습니다."

"더 기다렸다가 전화를 드리려고 했는데 제 마음이 너무 급해서요. 마이애미 말린스가 리빌딩을 위해서 트레이드를 진행한다는 것이 사실입니까?"

"그 이야기는 어디서 들으셨습니까?"

"제임스 윤에게 들었습니다."

'선배님 말씀이 전부 맞았네.'

박건이 속으로 혀를 내두르며 입을 뗐다.

"저도 자세한 정보는 모릅니다. 트레이드는 어디까지나 프런트에서 결정하는 것이니까요."

"…하긴 그렇겠죠."

빌 제임스가 실망한 기색을 드러낸 순간, 박건이 덧붙였다.

"마이애미 말린스는 우승을 노리고 있습니다."

"우승… 요?"

"내년 시즌 지구 우승을 목표로 하고 있습니다. 그 목표를 달성하기 위해서 본격적으로 리빌딩을 진행할 거라는 이야기를 얼핏 듣기는 했습니다."

"그래요?"

빌 제임스가 실망한 기색을 지우고 다시 흥미를 드러냈다.

"리빌딩의 방법은… 역시 트레이드일까요?"

"네."

"그럼 트레이드 카드로 이름이 오르내리고 있는 선수들도 혹시 알 수 있습니까?"

"고액 연봉을 받고 있지만, 현재 경기에 출전하지 않는 선수들을 트레이드 시장에 내놓을 겁니다."

굳이 선수 명단까지 알려줄 필요는 없었다.

빌 제임스라면 이 정도 정보만 제공하더라도 충분히 트레이드 카드로 활용될 선수 명단을 알아낼 능력이 있었으니까.

샤사사삭.

오스틴 딘, 브라이언 앤더슨, 피터슨 오브라이언, 마틴 프로도.

위의 조건에 부합하는 네 선수의 이름을 수첩에 휘갈겨 적는 빌 제임스의 펜 소리가 들린다는 느낌을 받으면서 박건이 다시 입을 뗐다.

"어쩌면 거기서 끝이 아닐 수도 있습니다."

"네?"

"마이애미 말린스는 대대적인 리빌딩을 준비하고 있으니까요. 고액 연봉에 어울리지 않는 부진한 모습을 보이는 선수들도 이번 트레이드에 포함될 가능성이 있습니다."

샤사삭.

이안 카스트로, 커티스 그랜더슨, 브라이언 할리데이.

이번 조건에 부합하는 세 선수의 이름을 수첩에 휘갈겨 적는 빌 제임스의 모습을 상상하던 박건이 덧붙였다.

"혹시 필라델피아 필리스도 트레이드에 관심이 있는 겁니까?"

"그게… 솔직히 아주 관심이 없지는 않습니다."

'그렇겠지. 그러니까 내게 전화를 걸었겠지.'

박건이 희미한 웃음을 머금은 채 다시 입을 뗐다.

"만약 필라델피아 필리스도 트레이드에 관심이 있다면, 최대한 서두르시는 편이 좋을 겁니다."

"왜 서두르는 게 좋다는 겁니까?"

박건이 대답했다.

"제 생각엔 이번 트레이드가 속전속결로 진행될 가능성이 높으니까요."

*　　　　*　　　　*

"앤드류 프리드먼입니다."

수화기 너머로 들려온 이름을 들은 잭 대니얼스가 자세를 고쳐 앉았다.

앤드류 프리드먼은 대표적인 빅마켓 구단 중 하나인 LA 다저스의 단장.

거물 중의 거물에게서 걸려온 전화였기 때문이었다.

'생각보다 대어가 걸렸다?'

"오랜만입니다."

드리웠던 낚싯대에 예상보다 대어가 걸려들었단 생각이 들어서 속으로 쾌재를 부른 잭 대니얼스가 일단 인사를 건넨 후 질문했다.

"그런데 LA 다저스 구단의 단장님께서 무슨 일로 제게 전화를 주셨습니까?"

"단도직입적으로 말씀드리겠습니다. 브라이언 앤더슨에게 관심이 있습니다."

"브라이언 앤더슨요?"

"네. 트레이드로 우리 팀에 영입하고 싶습니다."

앤드류 프리드먼이 브라이언 앤더슨을 LA 다저스로 영입하고 싶다는 의사를 밝힌 순간, 잭 대니얼스가 고개를 갸웃했다.

'왜 브라이언 앤더슨에게 관심을 가지는 걸까?'

코리 시거, 그리고 크리스 테일러.

LA 다저스는 현재 두 명의 유격수를 보유하고 있었다.

코리 시거는 타격에 강점이 있는 유격수인 반면, 크리스 테일러는 수비에 강점이 있는 유격수.

상대 팀에 따라서 두 명의 유격수를 번갈아가면서 경기에 출전시키고 있는 상황이었다.

그럼에도 불구하고 앤드류 프리드먼 단장이 마이애미 말린스의 유격수인 브라이언 앤더슨에게 관심을 갖는 이유에 대해서 고민하던 잭 대니얼스가 두 눈을 빛냈다.

'LA 다저스는 2루수와 1루수 포지션이 약점이야.'

현재 내셔널리그 서부 지구 1위를 달리고 있는 LA 다저스의 전력은 막강했다.

특히 클라이튼 커쇼가 이끌고 있는 선발진의 뎁스가 깊었다.

그렇지만 약점도 존재했고, 그 약점 중 하나가 바로 내야진이었다.

저스틴 터너가 맡고 있는 3루수 포지션과 코리 시거와 크리스 테일러가 번갈아 맡고 있는 유격수 포지션은 월드시리즈 우승을 목표로 하고 있는 경쟁 팀들과 비교하더라도 손색이 없었다.

아니, 오히려 타 팀들에 비해 경쟁력에서 우위에 있었다.

그렇지만 2루수와 1루수 포지션이 문제였다.

현재 LA 다저스의 주전 2루수는 케빈 럭스.

정규 시즌 중반까지 케빈 럭스는 공수에서 모두 준수한 활약을 선보였다.

3할대 초반의 타율을 기록한 데다가 줄곧 안정적인 수비를 펼쳤으니까.

말 그대로 기대 이상의 활약.

그런 케빈 럭스의 빼어난 활약 덕분에 LA 다저스는 내셔널리그 서부지구에서 압도적 1위를 달리고 있었다. 그러나 정규 시즌이 중후반으로 접어든 후 케빈 럭스는 수비에서 실책을 범하는 횟수가 늘어나면서 불안한 모습을 드러내기 시작했다.

또, 타격 슬럼프에 빠져서 타율도 어느덧 2할대로 추락해 있었다. 그리고 잭 대니얼스는 케빈 럭스가 부진을 겪는 원인을 짐작할 수 있었다.

'체력에 문제가 발생한 거야.'

케빈 럭스는 신인.

풀타임 주전으로 뛴 경험이 한 차례도 없었다.

그로 인해 체력적인 문제가 발생한 것이 정규 시즌 중반 이후 케빈 럭스의 성적이 추락한 원인이었다.

'케빈 럭스만으로는 남아 있는 정규 시즌과 포스트 시즌을 치르는 것이 불안하다고 판단한 거야.'

잭 대니얼스가 천천히 고개를 끄덕였다.

현재 코리 시거와 함께 번갈아 유격수를 맡고 있는 크리스 테일러의 장점 중 하나는 내야 전 포지션을 소화할 수 있는 유틸리티 플레이어라는 점이었다.

'크리스 테일러를 2루로 돌려서 케빈 럭스에게 휴식을 주면서 체력 부담을 덜어주려는 거야. 그래서 코리 시거의 백업 유격수를 필요로 하는 거로군.'

얼마 지나지 않아 앤드류 프리드먼 단장이 트레이드를 통해서 브라이언 앤더슨을 영입하려는 이유를 알아챈 잭 대니얼스가 휴대전화를 쥔 손에 힘을 더하며 질문했다.

"트레이드 카드로 어떤 선수를 생각하고 있습니까?"

"없습니다."

"네?"

"현금 트레이드를 원합니다."

앤드류 프리드먼 단장은 선수와 선수를 맞바꾸는 트레이드가 아니라, 현금을 지불하고 브라이언 앤더슨을 영입하고 싶다는 의사를 밝혔다.

"백만 달러를 생각하고 있습니다."

잠시 후, 앤드류 프리드먼 단장이 백만 달러를 지불하고 브라이언 앤더슨을 영입하겠다는 의사를 밝혔다.

'나쁘지 않은 제안.'

브라이언 앤더슨은 이미 마이애미 말린스에서 전력 외로 분류된 선수.

그런 브라이언 앤더슨을 LA 다저스로 보내고 백만 달러를 받을 수 있다면 이득이란 계산을 빠르게 마친 잭 대니얼스가 입을 뗐다.

"거절하겠습니다."

                    *   *   *

"잘하셨습니다."

브라이언 앤더슨을 영입하는 조건으로 100만 달러를 지불하겠다는 LA 다저스 앤드류 프리드먼 단장의 제안을 거절했다는 소식을 잭 대니얼스 단장에게 들은 조 매팅리가 안도의 한숨을 내쉬었다.

브라이언 앤더슨이란 선수를 LA 다저스에 빼앗기지 않고 지켜낸 것으로 인한 안도감이 아니었다.

또, 앤드류 프리드먼 단장이 브라이언 앤더슨의 이적료로 제시했던 100만 달러가 턱없이 부족하다고 판단해서도 아니었다.

조 매팅리가 안도의 한숨을 내쉬었던 진짜 이유.

현금 트레이드를 원치 않았기 때문이었다.

'우승하고 싶다.'

조 매팅리는 올 시즌 지구 우승에 대한 욕심이 생긴 상황이었다. 그리고 마이애미 말린스를 이끌고 지구 우승을 차지하고 싶다는 욕심이 생긴 계기는 트레이드였다.

뉴욕 메츠와 마이애미 말린스가 단행한 2 대 4 트레이드.

잭 대니얼스 단장이 트레이드를 주도하긴 했지만, 조 매팅리도 2 대 4 트레이드에 찬성했었다.

메이저리그 30개 구단 가운데 최약체로 평가받고 있는 마이애미 말린스의 전력이 조금은 더 상승할 거란 기대가 있었기 때문이었다.

그런 조 매팅리의 예상은 빗나갔다.

트레이드를 통해 마이애미 말린스의 전력은 조금 상승한 것이 아니었다.

말 그대로 대폭으로 상승했다.

마이애미 말린스가 뉴욕 메츠와 트레이드를 단행한 후, 무려 11연승을 내달리는 가파른 상승세를 탔던 것이 증거였다.

물론 최근 마이애미 말린스의 상승세는 다시 주춤한 상태였다.

―트레이드 효과는 끝났다.

전문가들은 승리와 패배를 반복하며 갈지자 행보를 보이는 최근 마이애미 말린스를 향해 이런 평가를 내렸다.

그러나 오판이었다.

마이애미 말린스가 갈지자 행보를 보이고 있는 진짜 이유는 베스트라인업을 가동하지 않았기 때문이었다.

'몇 가지 약점만 보완하면 지구 우승이 꿈은 아니다.'

마이애미 말린스의 현재 성적은 여전히 지구 최하위.

하지만 조 매팅리는 추가 트레이드를 통해서 팀의 몇몇 약점들만 보완한다면, 지구 우승에 도전하는 것이 실현 불가능한 꿈을 꾸는 게 아니라는 확신이 생긴 상황이었다.

그래서 더욱 현금 트레이드는 안 됐다.

전력 외로 분류된 브라이언 앤더슨을 LA 다저스에 내주는 대가로 현금이 아닌 선수를 받아야 했다.

　　　　　*　　　　　*　　　　　*

'선발투수 보강.'

LA 다저스의 최대 강점은 선발진의 뎁스였다.

워낙 선발진의 뎁스가 두꺼운 탓에 가능성과 실력을 갖춘 유망주 선발투수들이 새로이 선발진에 합류하는 것에 어려움을 겪고 있는 것이 LA 다저스의 현 상황이었다.

그 유망주 선발투수들 중 한 명을 트레이드를 통해서 마이애미 말린스로 영입할 수 있다면?

마이애미 말린스는 선발진의 뎁스가 얕다는 약점을 단숨에 지울 수 있을 것이었다.

'더스틴 메이, 혹은 이안 로스플링.'

조 매팅리가 머릿속으로 퍼뜩 떠올린 유망주 투수들이었다.

두 선수 모두 메이저리그에 콜업 된 후 선발투수로 데뷔를 했고, 몇 차례 얻었던 기회에서 무척 인상적인 투구를 펼쳤다는 공통점이 있었다.

또 하나의 공통점은 메이저리그에 데뷔 후 호투를 펼쳤음에도 불구하고 현재 마이너리그에 머물고 있다는 점이었다.

'두 선수 중 한 선수라도 마이애미 말린스로 온다면 선발 로테이션 한 자리를 바로 차지할 수 있을 텐데.'

현재 마이애미 말린스의 5선발을 맡고 있는 닉슨 페레이라의 성적은 4승 9패, 평균 자책점 6.78.

선발진의 한 축을 맡기에는 한참 부족한 성적이었다.

그럼에도 불구하고 닉슨 페레이라가 올 시즌 내내 마이애미 말린스 선발진의 한 축을 맡고 있는 이유는 마땅한 대체자원이 없어서였다.

'더스틴 메이가 트레이드로 마이애미 말린스로 이적한다면 당장 5선발, 아니, 4선발을 꿰찰 수도 있을 텐데.'

조 매팅리가 분주하게 머릿속으로 계산하고 있을 때였다.

"천만 달러를 요구했네."

잭 대니얼스가 불쑥 말했다.

"방금 뭐라고 하셨습니까?"

"앤드류 프리드먼 단장에게 천만 달러를 요구했다고 말했네."

조 매팅리가 당황한 기색을 드러냈다.

"왜……?"

앤드류 프리드먼 단장이 노리는 것은 브라이언 앤더슨.

그리고 브라이언 앤더슨을 현금 트레이드를 통해 LA 다저스로 영입하길 원하던 앤드류 프리드먼 단장은 100만 달러를 제시했었다.

그런데 천만 달러를 요구했다니.

'혹시 말이 헛나온 건가?'

해서 조 매팅리가 이런 의심까지 했을 때였다.

"이안 카스트로를 함께 데려가는 조건으로 천만 달러를 요구했지."

'이안 카스트로?'

조 매팅리가 막 들어 올렸던 커피 잔을 다시 탁자에 내려놓았다.

방금 잭 대니얼스 단장이 꺼냈던 말이 그만큼 충격적이어서였다.

브라이언 앤더슨의 경우 이미 전력 외로 분류된 상황이었다. 그러나 이안 카스트로는 달랐다.

풀타임 주전으로 마이애미 말린스의 1루 자리를 지키고 있었다.

당장 지난 경기에도 마이애미 말린스의 1루수로 출전하지 않았던가.

게다가 이안 카스트로는 팀의 프랜차이즈 스타라는 상징성이 있는 선수였다.

그런 선수를 LA 다저스로 트레이드시킬 계획을 세우고 있는 잭 대니얼스 단장의 의중을 제대로 파악하기 힘들었다.

"혹시 농담을 하신 겁니까?"

"전쟁 중인데 농담을 할 정도로 여유가 있진 않네."

"……?"

"꼭 총칼을 손에 들고 싸워야만 전쟁은 아니지. 트레이드 시장도 일종의 전쟁터라 할 수 있네. 그리고 난 필사적인 각오로 이번 전쟁에 나섰네. 올 시즌에 우승이란 걸 한번 차지해 보고 싶거든."

잭 대니얼스 단장의 입에서 '우승'이란 단어가 흘러나온 순간, 조 매팅리가 흠칫했다.

'엇박자.'

조 매팅리와 잭 대니얼스 단장.

한배를 타고 있음에도 불구하고 지금까지는 계속 엇박자를 냈었다.

그런데 처음으로 비슷한 시기에 우승이란 같은 목표를 가진 셈이었다.

그럼에도 불구하고 조 매팅리가 웃지 못한 이유는… 우승이란 목표를 향해 달려가는 해법이 달라서였다.

"이안 카스트로를 트레이드하는 것은 안 됩니다."

조 매팅리가 힘주어 말했다.

"이유는?"

"후폭풍이 거셀 겁니다."

마이애미 말린스가 긴 암흑기를 거치는 동안에도 이안 카스트로는 꾸준히 마이애미 말린스의 주축 선수로 활약했다.

당연히 이안 카스트로에 대한 팬들의 신망도 두터웠다.

그런 이안 카스트로를 시즌 중에 돌연 트레이드한다면, 거센 후폭풍이 일어날 가능성이 높았다.

그러나 잭 대니얼스 단장의 생각은 달랐다.

"폭풍까지는 아닐 거야."

"네?"

"클라이튼 커쇼를 트레이드하는 것도 아니지 않은가?"

"하지만……."

"그리고 고작 후폭풍이 두려웠다면, 난 전쟁을 시작도 안 했을 걸세."

잭 대니얼스의 목소리는 담담했다.

그렇지만 그 담담한 목소리에는 굳은 의지가 담겨 있었다.

'진심이야.'

비로소 잭 대니얼스 단장이 농담을 하고 있는 게 아님을 알아챈 조 매팅리가 서둘러 입을 뗐다.

"지금은 안 됩니다."

"왜 지금은 안 된다는 건가?"

"대체자원이 없기 때문입니다."

이안 카스트로가 떠나면 그를 대체할 선수가 없다는 사실을 조 매팅리가 언급하며 반대 의사를 재차 피력했다.

그렇지만 잭 대니얼스 단장도 주장을 굽히지 않았다.

"데릭 로이스가 있지 않은가?"

"데릭 로이스로는 역부족입니다. 그 이유는 단장님도 이미 알고 계시지 않습니까?"

"그럼 이안 카스트로를 대체할 선수는 새로 구하도록 하세."

"하지만……."

"판을 키울 생각이네."

"……?"

"다행히 총알은 많으니까 말이네."

*　　　　*　　　　*

"자네의 목표는 무엇인가?"

잭 대니얼스 단장이 불쑥 질문을 던진 순간, 이안 카스트로가 살짝 당황했다.

갑작스레 잡힌 면담 자리에서 잭 대니얼스 단장이 갑자기 이런 질문을 던진 이유를 파악하기 힘들어서였다.

"내 목표는 이미 여러 차례 밝혔소, 우승이라고."

"다행이군."

잠시 후, 이안 카스트로의 대답을 들은 잭 대니얼스 단장은 다행이란 반응을 드러냈다.

'뭐가 다행이란 거지?'

예상치 못했던 반응.

해서 이안 카스트로가 눈매를 가늘게 좁혔을 때였다.

"프랜차이즈 스타로 마이애미 말린스에서 은퇴하는 것이 목표가 아니라고 밝힌 게 다행이란 뜻이었네."

"무슨… 뜻입니까?"

"자네가 갖고 있는 목표를 이룰 수 있는 기회를 제공할 생각이야."

"······?"

"보자. 자네의 목표를 이루기 위해서는 필라델피아 필리스보단 LA 다저스가 더 유리할 것 같은데. 자네 생각은 어떤가?"

'트레이드?'

이안 카스트로는 바보가 아니었다.

지금 잭 대니얼스 단장이 자신의 트레이드를 언급하고 있음을 간파한 이안 카스트로가 두 눈을 부릅떴다.

'날… 트레이드하겠다고?'

꿈에도 예상치 못했던 시나리오.

그래서 무척 당혹스러웠다. 그러나 잭 대니얼스 단장은 자신의 반응에 아랑곳하지 않고 이야기를 이어나갔다.

"필라델피아 필리스보단 LA 다저스의 전력이 더 낮다는 것은 부인할 수 없는 사실이니까 자네의 목표인 우승을······."

"···진심이오?"

"물론 진심이네."

"대체 왜······?"

"마이애미 말린스를 좀 더 좋은 팀으로 만들기 위해서네."

잭 대니얼스 단장이 꺼낸 것은 일종의 모범 답안.

그러나 이안 카스트로는 그 모범 답안이 무척 불편하게 느껴졌다.

"마이애미 말린스가 더 나은 팀이 되기 위해서는… 내가 팀을 떠나는 게 전제 조건이란 뜻이오?"

"맞네."

"……."

"자네를 보내고 보상 선수를 받아서 팀의 약점을 메울 생각이네."

잭 대니얼스는 시종일관 당연하다는 듯이 대답하고 있었다. 그리고 이안 카스트로는 그 점이 못마땅했다.

"서운한가?"

그때, 잭 대니얼스 단장이 질문했다.

"당연히… 서운하오."

마이애미 말린스 소속 선수로 뛰었던 시간은 길었다.

그런데 일방적으로 트레이드 통보를 받아서 팀을 떠나게 된 상황인데, 어찌 서운하지 않을까?

해서 이안 카스트로가 솔직하게 대답했지만, 잭 대니얼스 단장은 미안한 표정을 짓지 않았다.

오히려 혀를 끌끌 찼다.

"그동안 몰랐는데 프로 의식이 부족하군."

"무슨 뜻이오?"

"야구는 비즈니스야. 그런데 프로 선수인 자네가 트레이드 소식을 듣고 서운해한다는 것이 프로 의식이 결여됐다는 증거지."

신랄한 비난으로 인해 이안 카스트로의 표정이 일그러졌을 때, 잭 대니얼스 단장이 덧붙였다.

"다행인 것은 아무도 모른다는 거야."

"그건 또 무슨 소리요?"

"필라델피아 필리스와 LA 다저스. 자네의 영입을 원하고 있는 두 구단이 자네가 프로 의식이 결여됐다는 사실을 모른다는 것, 내 입장에서는 무척 다행이란 뜻이었네."

'이 새끼가 진짜 보자 보자 하니까.'

이안 카스트로의 표정이 더욱 구겨졌다.

눈앞에 마주 앉아 있는 잭 대니얼스 단장은 젊은 축에 속했다.

경험이 일천하다는 증거.

그래서일까.

잭 대니얼스 단장은 고참 선수들에 대한 대우가 박한 편이었다.

그래서 마이애미 말린스 단장으로 취임했을 때부터 마음에 들지 않았었는데.

이렇게 뒤통수를 후려칠 줄이야.

"두고 봐. 분명히 후회하게 될 테니까."

인내심이 바닥난 이안 카스트로가 험악한 목소리로 경고했다. 그러나 잭 대니얼스 단장은 겁먹은 기색 없이 담담한 목소리로 대꾸했다.

"누가 후회하게 될지는 두고 보도록 하지."

*　　　*　　　*

〈마이애미 말린스와 LA 다저스 대형 트레이드 단행. 마이애미 말린스의 간판타자 이안 카스트로, LA 다저스 유니폼 입는다.〉

박건이 속보로 뜬 기사에서 시선을 떼지 못하고 한참을 바라보았다.

마이애미 말린스가 추가 트레이드를 노리고 있다는 사실, 그리고 팀 내 고액 연봉자들도 트레이드 대상에 포함될 수 있다는 사실을 박건은 이미 알고 있었다.

그렇지만 막상 이안 카스트로가 LA 다저스로 트레이드됐다는 소식을 접하고 나자, 충격이 전해졌다.

박건이 이러한데 다른 선수들은 어떠할까?

이안 카스트로, 그리고 브라이언 앤더슨이 LA 다저스로 트레이드됐다는 소식을 접한 선수들은 충격 받은 기색을 감추지 못했다.

그래서일까.

마이애미 말린스 더그아웃 분위기는 뒤숭숭했다.

"오늘 경기는 패하겠네요."

착 가라앉은 더그아웃 분위기를 살피던 박건이 입을 뗀 순간, 이용운이 반박했다.

"그거야 모르지."

"하지만……."

"내 계산으로는 오히려 승리 확률이 더 높아졌다."

"……?"

"경기에 출전할 때마다 속된 말로 죽을 쑤고 있던 이안 카스트로가 오늘 경기 선발 라인업에서 빠졌으니까."

박건이 혼란스러운 표정을 지은 채 고개를 돌려 데릭 로이스를 힐끗 바라보았다.

작별 인사도 남기지 못하고 급히 짐을 싸서 LA 다저스로 떠난 이안 카스트로를 대신해서 오늘 경기에 1루수로 출전하는 선수는 데릭 로이스였다. 그리고 박건은 데릭 로이스에 대해 아는 것이 거의 없었다.

이안 카스트로의 백업 1루수지만 올 시즌에 데릭 로이스가 출전한 경기는 고작 세 경기에 불과했다.

그나마도 승패가 결정 난 경기 후반부에 출전 기회를 얻었던 데다가, 박건이 마이애미 말린스로 이적하기 전이었기 때문이었다.

'잘할까?'

데릭 로이스를 향해 박건이 못미더운 시선을 던지고 있을 때, 이용운이 다시 말했다.

"이제 시작이다."

"뭐가 시작이란 겁니까?"

박건의 질문에 이용운이 대답했다.

"트레이드라는 전쟁의 서막이 막 올랐다는 뜻이다."

＊　　　　＊　　　　＊

〈마이애미 말린스 선발 라인업〉

1. 브라이언 마일스.
2. 피터슨 오브라이언.
3. 폴 잭슨.
4. 박건.
5. 데릭 로이스
6. 커티스 그랜더슨.
7. 브라이언 할리데이.
8. 닐 워커.
9. 트레비스 리차즈.
Pitcher. 트레비스 리차즈.

마이애미 말린스와 콜로라도 로키스의 3연전 2번째 경기를 앞두고 조 매팅리 감독이 발표한 선발 라인업이었다.

선발 라인업 명단을 확인한 더그아웃 분위기는 또 한 번 요동쳤다.

모두의 예상을 깨고 데릭 로이스가 5번 타순에 포진했기 때문이었다.

이안 카스트로를 대신해서 당연히 커티스 그랜더슨, 혹은 브라이언 할리데이가 중심 타순에 포진할 것이란 예측이 빗나간 상황.

예상대로 커티스 그랜더슨과 브라이언 할리데이의 표정은 좋지 않았다.

'분위기 살벌하네.'

팀 내 최고참이었던 이안 카스트로와 고참급 선수였던 브라이언 앤더슨의 트레이드 여파는 컸다.

싸늘하게 변한 더그아웃 분위기가 피부로 느껴질 정도였다.

그때, 이용운이 입을 뗐다.

"위기감을 느꼈을 것이다."

"누가요?"

"전부 다."

"……?"

"팀 내 최고참이자 프랜차이즈 스타나 다름없었던 이안 카스트로가 트레이드로 팀을 옮겼다. 그러니 나도 언제든지 트레이드될 수 있다. 이런 위기감을 느끼는 게 당연한 것이 아니냐?"

박건이 반박하지 못하고 수긍했다.

이안 카스트로와 브라이언 앤더슨으로 트레이드의 포문을 연 잭 대니얼스 단장은 추가 트레이드를 원하고 있다는 사실을 공공연히 밝히고 있었다.

그런 잭 대니얼스 단장의 살생부에서 안전한 선수는 없었다.

특히 커티스 그랜더슨과 브라이언 할리데이의 동요가 컸다.

이안 카스트로와 함께 오랫동안 마이애미 말린스의 클린업 트리오를 구축했던 두 선수는 포지션 경쟁자가 없었던 붙박이 주전이었다.

그런데 굴러온 돌이나 다름없는 박건과 폴 바셋으로 인해 클린업트리오 타순에서 밀려났다. 그리고 이안 카스트로의 백업 선수에 불과했던 데릭 로이스가 5번 타순에 포진한 것은 그들의 자존심에 생채기를 남기기에 충분했다. 그리고 아직 끝이 아니었다.

이안 카스트로가 트레이드 카드로 활용된 것을 확인한 상황.

커티스 그랜더슨과 브라이언 할리데이 역시 위기감을 느끼지 않을 수 없었다.

'불만도 클 거야.'

위기감 못지않게 불만도 커졌을 거란 생각이 들어 박건이 우려 섞인 시선을 던지고 있을 때였다.

"잭 대니얼스 단장과 조 매팅리 감독이 점점 마음에 드는구나."

이용운이 흐뭇한 목소리로 덧붙였다.

"이들이 합심한 덕분에 마이애미 말린스는 더 좋은 팀이 될 것이다."

        *   *   *

1—1.

7회가 끝났을 때의 스코어였다.

트레비스 리차즈 VS 카일 프리랜드.

양 팀 4선발의 맞대결이었다. 그래서 전문가들은 오늘 경기가 활발한 타격전 양상을 띨 거라 예상했지만, 그 예상이 빗나간 셈이었다.

양 팀 선발투수들이 깜짝 호투를 펼치며 경기는 팽팽한 투수전 양상으로 전개되고 있었다. 그리고 카일 프리랜드는 8회 초에도 마운드에 올랐다.

8회 초 마이애미 말린스의 선두타자는 피터슨 오브라이언이었다.

슈악.

부웅.

풀카운트 승부 끝에 피터슨 오브라이언은 카일 프리랜드의 커터에 헛스윙하면서 삼진으로 물러났다.

픽.

삼진을 당하고 돌아선 피터슨 오브라이언은 아쉬움을 감추지 못하고 주먹으로 헬멧을 때리며 더그아웃으로 돌아왔다.

1사 주자 없는 상황에서 타석에 들어선 것은 3번 타자 폴 바셋.

'이번이 마지막 기회.'

대기타석에 들어선 박건이 속으로 생각했다.

상하위 타선의 불균형이 심각한 것.

마이애미 말린스의 현실이자 뚜렷한 약점이었다.

오늘 경기에서 승리를 거두기 위해서는 상위타선이 속한 타자들이 타석에 들어서는 8회 초 공격에서 무조건 득점을 올려야만 했다.

슈악.

따악.

그리고 폴 바셋은 피터슨 오브라이언과 달랐다.

2볼 2스트라이크 상황에서 카일 프리랜드가 구사한 커터를 제대로 받아 쳐서 깔끔한 중전안타를 때려냈다.

1사 1루로 바뀐 상황에서 타석에 들어선 박건이 대충 수 싸움을 펼쳤다.

'브레이킹볼.'

경기 후반부에 장타를 허용하면 안 된다는 사실쯤은 콜로라도 로키스 배터리도 알고 있을 터.

게다가 오늘 경기는 콜로라도 로키스의 홈구장인 쿠어스 필드에서 열리고 있었다.

공기가 희박한 탓에 타구의 비거리가 타구장에 비해 길어서 투수들의 무덤이라고 불리는 쿠어스 필드에서 경기가 펼쳐지고 있는 것을 감안하면, 카일 프리랜드가 자신을 상대로 정직한 직구 승부를 펼칠 가능성은 희박했다.

슈악.

그런 박건의 예상대로였다.

카일 프리랜드가 선택한 초구는 바깥쪽 슬라이더.

따악.

박건이 휘두른 배트에 타구가 걸렸다.

'넘겨라. 넘겨라.'

1루 베이스를 향해 달려가던 박건이 속으로 기도했다. 그러나 타구는 펜스를 넘기지 못하고 직격하고 튕겨 나왔다.

'1루 주자는?'

1루 베이스를 통과해서 2루 베이스를 향해 내달리기 시작하며 박건이 1루 주자 폴 바셋을 살폈다.

3루 베이스 근처에 도착한 폴 바셋은 달리던 속도를 줄였다.

홈승부를 막기 위해서 양팔을 번쩍 들어 올리고 있는 3루 뚜루 코치의 모습을 확인했기 때문이었다.

폴 바셋이 3루에서 멈춘 것을 확인한 박건이 못내 아쉬움을 느꼈다.

자신의 타석에서 점수를 올리는 것이 마이애미 말린스 입장에서는 최상의 시나리오임을 알고 있어서였다.

그러나 아쉽게도 최상의 시나리오대로 경기는 진행되지 않았다.

그 원인은 두 가지.

'너무 낮았어.'

우선 카일 프리랜드가 초구로 구사한 바깥쪽 슬라이더가 너무 낮았다.

어떻게든 배트 중심에 타구를 맞히려다 보니 타격 시에 밸런스가 무너졌고, 이것이 타구가 외야 펜스를 넘기지 못한 원인이었다.

'펜스 플레이가 좋았어.'

또 하나의 원인은 콜로라도 로키스의 좌익수인 하파엘 타피아의 펜스 플레이가 워낙 좋아서였다.

장타가 많이 나오는 쿠어스 필드에서 경기 경험이 많은 하파엘 타피아는 박건의 타구를 노바운드로 잡아내기 위해 끝까지 쫓아가지 않았다.

대신 펜스 플레이를 대비했고, 그런 그의 수비는 흠 잡을 곳이 없을 정도로 깔끔했다.

1사 2, 3루로 바뀐 상황에서 타석에 들어선 것은 데릭 로이스였다.

지난 두 타석에서 모두 삼진을 당했던 데릭 로이스에 대한 기대치가 여전히 낮았기에 박건이 미심쩍은 시선을 던지고 있을 때였다.

슈아악.

따악.

데릭 로이스는 카일 프리랜드의 초구 직구를 공략했다.

총알 같이 빠르게 우중간으로 향하는 타구를 향해 우익수가 슬라이딩 캐치를 시도했다.

'잡혔다.'

안타가 되기를 원했는데.

데릭 로이스의 잘 맞은 타구는 우익수의 호수비에 걸렸다.

그로 인해 아쉬움을 느낌과 동시에 박건이 태그업을 시도했다.

그사이 3루 주자였던 폴 바셋도 태그업을 시도해서 여유 있게 홈으로 파고들었다.

2—1.

데릭 로이스의 희생플라이가 나오면서 마이애미 말린스는 리드를 잡는 득점을 올리는 데 성공했다.

'오랜만이네.'

3루에 안착한 박건이 느낀 감정은 낯섦이었다.

기존에 5번 타순에 배치됐던 이안 카스트로는 타석에서 타점을 올렸던 횟수가 극히 드물었다.

그런데 데릭 로이스가 타점을 올렸기 때문에 생소함과 함께 낯설다는 감정을 느낀 것이었다.

'뒤로 빠졌다면 2타점 적시타가 됐을 텐데.'

한 점이 아니라 두 점의 리드를 잡았다면, 경기 후반부인 만큼 오늘 경기 승리 확률이 더 높아졌을 터.

그로 인해 박건이 아쉬움을 곱씹고 있을 때였다.

슈악.

따악.

타석에 들어선 커티스 그랜더슨이 카일 프리랜드의 3구째 슬라이더를 밀어 쳐서 우전 안타를 만들어냈다.

3―1.

여유 있게 홈으로 파고든 박건이 커티스 그랜더슨에게 새삼스러운 시선을 던졌다.

기대치가 워낙 낮았기 때문에 더욱 임팩트가 크게 느껴지는 커티스 그랜더슨의 적시타였기 때문이었다.

'갑자기… 달라졌다?'

문득 그런 생각이 뇌리를 스친 순간, 이용운이 말했다.

"오히려 승리 확률이 높아졌다고 내가 말했잖아."

이용운의 목소리는 오만함이 묻어났다.

그러나 박건은 그걸 탓하지 못했다.

결과적으로 이용운의 예언처럼 경기가 흘러가고 있었기 때문이었다.

'만약 이안 카스트로였다면?'

타석에서 범타로 물러났을 가능성이 높았다.

그런데 이안 카스트로가 팀을 떠난 탓에 1루수로 뛰게 된 데릭 로이스가 타석에서 희생플라이를 때려낸 덕분에 마이애미 말린스는 리드를 잡을 수 있었고, 추가점을 올리는 커티스 그랜더스의 적시타도 나올 수 있었던 셈이었다.

"투수 교체합니다."

콜로라도 로키스의 감독인 바드 블랙이 마운드를 방문해 투수 교체를 지시하는 것을 지켜보던 이용운이 한마디를 덧붙였다.

"교체 타이밍이 너무 늦었다. 오늘 경기는 마이애미 말린스가 잡았다."

제2장

　이안 카스트로, 브라이언 앤더슨 ↔ 더스틴 메이, 현금 200만 달러.

　마이애미 말린스와 LA 다저스가 단행한 트레이드의 세부 내용을 적은 후, 워싱턴 내셔널스를 이끌고 있는 감독인 데이브 마르티네즈가 팔짱을 꼈다.

　"이건… 예상치 못했던 전개로군."

　박건이 합류하기 전까지 마이애미 말린스의 붙박이 4번 타자였던 이안 카스트로가 트레이드 카드로 활용될 것이라고는 데이브 마르티네즈도 전혀 예상하지 못했다.

　"재밌네."

데이브 마르티네즈가 코끝을 찡그렸을 때, 바비 헌터 단장이 모습을 드러냈다.

"무엇이 그리 재밌습니까?"

데이브 마르티네즈의 혼잣말을 들은 바비 헌터 단장이 맞은 편 자리에 앉으며 물었다.

"잭 대니얼스 단장 말입니다."

데이브 마르티네즈가 대답하자, 바비 헌터 단장이 틀렸다는 듯 고개를 흔들었다.

"잘못 알고 계십니다."

"네?"

"제가 그 친구와 친분이 있는 편인데, 무척 재미없는 친구입 니다."

"……?"

"유머 감각이 꽝이거든요."

잭 대니얼스 단장과 친분이 있다고 주장한 바비 헌터 단장이 설명을 더했다.

"그래서 재미없는 농담이라고 생각했습니다."

"……?"

"잭 대니얼스 단장에게서 이안 카스트로가 트레이드 카드로 활용될 수 있다는 이야기를 저도 들었거든요."

"아, 네."

"그래서 좋은 기회를 놓쳤죠."

비로소 말귀를 이해한 데이브 마르티네즈가 헛웃음을 지었다.

그가 동갑인 바비 헌터 단장을 좋아하는 이유는 젠틀한 데다가, 특유의 유머 감각을 갖추고 있었기 때문이었다.

"혹시 다른 농담은 하지 않았습니까?"

데이브 마르티네즈가 질문하자 바비 헌터가 대답했다.

"했습니다."

"어떤 농담을 했습니까?"

"아깝다고 하더군요."

"무엇이 아깝다고 하던가요?"

"시기를 말했습니다."

"시기?"

"뉴욕 메츠와 트레이드를 단행한 시기가 늦었다는 점이 못내 아쉽다고 하소연을 했습니다. 만약 뉴욕 메츠와 트레이드를 조금만 빨리 단행했다면 올 시즌에 지구 우승을 노려볼 수도 있었을 거라고 하더군요."

"하핫."

"왜 웃으십니까?"

"아까 단장님이 하신 평가가 틀리신 것 같습니다. 마이애미 말린스의 잭 대니얼스 단장 말입니다. 유머 감각이 있는 편이네요."

뉴욕 메츠가 단행한 2 대 4 트레이드 이후, 마이애미 말린스는 11연승을 내달렸다.

그 11연승 덕분에 한때 마이애미 말린스는 지구 최하위에서 벗어나기도 했었다.

그러나 길었던 연승이 끝나자마자 마이애미 말린스의 상승세는 바로 꺾였고, 다시 지구 최하위로 추락해 있었다.

그런데 잭 대니얼스 단장이 바비 헌터 단장과 대화 중에 지구 우승을 언급했다고 하니 어찌 실소를 흘리지 않을 수 있을까.

'리빌딩.'

어쨌든 한 가지는 확실했다.

마이애미 말린스는 뉴욕 메츠로부터 영입한 박건을 포함한 네 선수를 주축으로 내년 시즌을 대비한 리빌딩에 본격적으로 돌입할 것이라는 점이었다.

이안 카스트로와 브라이언 앤더슨을 트레이드 카드로 활용해서 유망주 투수인 더스틴 메이를 영입한 것이 증거였다.

"그리고 연봉이 아깝다고도 했습니다."

"……?"

"고액 연봉을 받고 있음에도 불구하고 경기에 출전하지 못하거나 몸값에 어울리지 않는 활약을 펼치는 선수들에게 내주는 연봉이 아까워서 밤잠을 이루기 힘들 정도라고 하소연을 했습니다."

"그 이야기는……."

"역시 농담이 아닐 겁니다."

"그럼… 추가 트레이드가 있을 거란 뜻이군요."

"아마도요."

고개를 끄덕인 바비 헌터 단장이 의중을 물었다.

"혹시 참전하실 의향이 있으십니까?"

그 질문에 대한 답을 미룬 채 데이브 마르티네즈는 자신이 이끌고 있는 워싱턴 내셔널스 팀을 떠올렸다.

내셔널리그 동부 지구 2위.

현재 워싱턴 내셔널스의 순위였다.

지구 선두를 달리고 있는 애틀랜타 브레이브스와의 격차는 6.5게임.

꽤 격차가 벌어져 있는 상태였다.

그래서 이미 내셔널리그 동부 지구 우승은 애틀랜타 브레이브스의 차지라는 의견이 나오기 시작하고 있었다.

'따라잡긴 힘들어.'

데이브 마르티네즈의 생각도 크게 다르지 않았다.

이미 크게 벌어진 격차도 격차였지만, 애틀랜타 브레이브스의 전력이 워낙 탄탄하기 때문이었다.

하지만 데이브 마르티네즈는 아직 올 시즌을 포기하지 않았다.

지구 우승을 차지하지 못하더라도 와일드 카드로 포스트 시즌에 진출해서 월드시리즈 우승을 차지하는 방법은 남아 있었기 때문이었다.

'외야 뎁스만 좀 더 두꺼워진다면?'

그리고 월드시리즈 우승을 노리고 있는 데이브 마르티네즈가 진단하는 워싱턴 내셔널스 팀의 약점은 외야 뎁스가 얕다는 것이었다.

'부상자가 나오거나, 체력 안배에 실패한다면?'

워싱턴 내셔널스는 시즌 막바지에 부진에 빠지면서 와일드카드 경쟁에서 밀릴 가능성이 높았다.

"단장님의 의견은 어떻습니까?"

"제 대답은 언제나 같습니다. 감독님의 의중이 가장 중요한 만큼, 감독님의 의견에 따라서 움직일 겁니다."

"그럼… 참전해 주십시오."

데이브 마르티네즈가 참전 의사를 밝힌 순간, 바비 헌터의 입가로 만족스러운 미소가 떠올랐다.

"감독님이 올 시즌을 포기하지 않았다는 사실을 알고 나니 기쁘네요."

현장의 책임자인 감독에 대한 존중, 그리고 자신의 대답을 통해서 의중을 읽어낼 줄 아는 영민함까지.

이것이 데이브 마르티네즈가 바비 헌터 단장을 좋아하는 또 다른 이유들이었다.

"서둘러 움직여야겠네요."

"왜 서둘러야 한다는 겁니까?"

"경쟁자들이 아주 많거든요. 제가 조사한 바로는 필라델피아 필리스, 그리고 애틀랜타 브레이브스도 마이애미 말린스발 트레이드에 관심이 있습니다."

바비 헌터가 꺼낸 대답을 들은 데이브 마르티네즈가 표정을 굳혔다.

'특이하군.'

일반적인 경우, 같은 지구에 속한 팀과의 트레이드가 성사되는 경우는 드물었다.

그런데 이번에는 예외였다.

워싱턴 내셔널스와 필라델피아 필리스, 그리고 애틀랜타 브레이브스까지.

이번 트레이드에 관심을 표명하고 있는 구단들은 모두 마이애미 말린스와 같은 내셔널리그 동부 지구에 속해 있었다.

"필라델피아 필리스도 아직까지 올 시즌을 포기하지 않았나 보네요."

"우리와 마찬가지로 와일드 카드를 노리고 있을 겁니다."

필라델피아 필리스의 현재 순위는 지구 3위.

워싱턴 내셔널스보다 순위가 한 단계 낮았지만, 양 팀 간의 격차는 크지 않았다.

와일드 카드로 포스트 시즌에 진출하는 것을 포기하기에는 너무 일렀다.

'필라델피아 필리스의 전력이 보강되면 곤란해.'

그로 인해 마음이 조급해졌던 데이브 마르티네즈가 이내 고개를 갸웃했다.

'애틀랜타 브레이브스는 왜 이번 트레이드에 관심을 갖는 거지?'

지구 선두를 달리고 있는 애틀랜타 브레이브스는 약점은 찾기 힘들 정도로 전력이 탄탄했다.

LA 다저스, 뉴욕 양키스, 휴스턴 애스트로스와 함께 월드시리즈 우승에 가장 근접한 팀으로 꼽히는 것이 애틀랜타 브레이브스의 전력이 탄탄하다는 증거였다.

그럼에도 불구하고 애틀랜타 브레이브스가 트레이드에 관심을 드러내는 이유를 파악하기 어려웠다.

"애틀랜타 브레이브스의 목표는 지구 우승이 아니니까요."

데이브 마르티네즈가 품은 의문을 해소해 준 것은 바비 헌터였다.

'월드시리즈 우승을 차지하기 위해서는 전력 보강이 필요하다. 그래서 이번 트레이드에 관심을 드러내고 있다.'

바비 헌터 덕분에 애틀랜타 브레이브스가 트레이드에 관심을 드러내고 있는 이유를 알게 된 순간, 데이브 마르티네즈의 마음은 아까보다 더 조급해졌다.

워싱턴 내셔널스의 최종 목표 역시 월드시리즈 우승.

최종 목표를 달성하기 위해서는 애틀랜타 브레이브스 역시 강력한 경쟁 팀 중 하나였다.

그런데 강력한 경쟁 팀인 애틀랜타 브레이브스의 전력이 지금보다 더 상승하는 것을 가만히 손 놓고 두고 볼 수만은 없었다.

"단장님 말씀처럼 서둘러야겠네요."

"목표는 누구입니까?"

바비 헌터의 질문을 받은 데이브 마르티네즈가 대답했다.

"1차 목표는 오스틴 딘입니다."

*   *   *

"왔어?"

데이비드 최가 자리에 앉기도 전에 앤서니 쉴즈가 질문부터 던졌다.

지금 도착했냐는 뜻의 일상적인 의미가 담긴 질문이 아니었다.

자신을 영입하길 원하는 팀으로부터 연락이 왔는가 여부를 확인하기 위해서 던진 질문이었다.

잠시 후, 고개를 좌우로 내젓는 에이전트 데이비드 최를 확인한 앤서니 쉴즈가 소주병을 향해 손을 뻗었다. 그리고 소주병을 들어 올려 앞에 놓인 잔을 채우려고 했지만, 데이비드 최가 그 소주병을 뺏었다.

"왜 이래?"

그로 인해 기분이 상한 앤서니 쉴즈가 두 눈을 부라렸다.

그렇지만 데이비드 최는 빼앗아 간 소주병을 돌려주지 않았다.

"술 마시지 마."

"어차피 올 시즌은 끝이잖아. 그러니까 나 말리지 마."

청우 로얄스에서 시즌 도중에 방출됐다. 그리고 아직까지 자신의 영입을 바라는 다른 구단은 없었다.

이것이 앤서니 쉴즈가 올 시즌이 끝났다고 판단한 이유였다.

"여기 탄산음료 한 병 주세요."

탄산음료를 주문하고 있는 데이비드 최에게 앤서니 쉴즈가 못마땅한 표정을 짓고 노려보고 있을 때였다.

"아직 안 끝났어."

데이비드 최가 그의 시선을 피하지 않은 채 입을 뗐다.

"무슨 소리야?"

"올 시즌, 아직 안 끝났다고."

"하지만 아까 고개를 내저었잖아?"

"그랬지."

"……?"

"KBO 리그 구단 중에서는 널 영입하려는 의사가 있는 팀이 없다는 뜻이었어."

"그럼?"

"타 리그에 속해 있는 구단에서 영입 의사를 밝혔어."

앤서니 쉴즈가 자세를 고쳐 앉았다.

'일본? 대만? 호주?'

자신에 대한 영입 의사를 밝혔을 것으로 추정되는 타국 리그를 꼽아보던 앤서니 쉴즈가 조심스럽게 질문했다.

"일본 쪽이야?"

"아냐."

"아니면, 대만 쪽이야?"

"그쪽도 아냐."

일본 혹은 대만 리그에 속해 있는 팀에서 영입 의사를 밝혔기를 앤서니 쉴즈는 내심 기대하고 있었다.

KBO 리그를 포함한 아시아권에 속한 나라의 리그가 수준이 높은 편인 데다가 보수와 대우도 후한 편임을 알고 있었기 때문이었다.

'호주, 아니면 더 변방인가?'

앤서니 쉴즈가 실망한 기색을 감추지 못한 채 질문했다.

"그럼 어느 리그에서 내게 영입 의사를 밝힌 거야?"

데이비드 최가 대답했다.

"메이저리그."

*   *   *

슈아악.

따악.

배트 중심에 걸린 조나단 머피의 타구는 멀리 뻗었다.

그렇지만 펜스 앞에 미리 도착해서 기다리고 있던 커티스 그랜더슨이 펜스에 등을 기댄 채 포구에 성공했다.

마이애미 말린스의 브래들리 쿡의 힘 있는 직구에 먹힌 조나단 머피의 타구는 펜스 앞에서 더 뻗지 못한 것이었다.

'이겼다.'

최종 스코어 4—1.

마이애미 말린스가 시리즈 3차전에서 승리를 거두면서 위닝 시리즈를 확정한 순간, 박건이 환하게 웃었다.

잠시 후 박건의 시선이 더그아웃을 박차고 나오는 조 매팅리 감독에게 향했다.

오늘 경기의 승리 요인은 여럿이었지만, 가장 큰 승인을 꼽자면 조 매팅리 감독의 용병술이었다.

2—1.

한 점 차 살얼음판 리드를 지키고 있던 7회 초 공격.

마이애미 말린스는 박건과 데릭 로이스의 연속 안타로 무사 1, 2루의 득점 찬스를 맞이했다. 그러나 후속 타자인 커티슨 그랜더슨과 브라이언 할리데이가 연속 삼진으로 물러나며 어렵게 잡은 득점 찬스는 무산될 위기에 처했다.

그때, 조 매팅리 감독은 대타 카드를 꺼내 들었다.

8번 타자 닐 워커 타순에 대타자 오스틴 딘을 기용했던 것이었다. 그리고 대타자로 출전한 오스틴 딘은 좌중간을 가르는 2타점 적시 2루타를 때려내며 조 매팅리 감독의 기대에 부응했다.

4—1.

오스틴 딘의 적시타 덕분에 점수 격차는 석 점으로 벌어졌고, 마이애미 말린스는 확실한 승기를 잡는 데 성공했다.

오늘 경기 내용이 만족스러운 걸까.

조 매팅리 감독의 입가에는 환한 미소가 떠올라 있었다.

"잭 대니얼스 단장과 조 매팅리 감독이 점점 마음에 드는구나."

잠시 후, 박건이 떠올린 것은 이용운이 했던 말이었다.

'이제야 이해가 가네.'

비로소 이용운이 만족스러워한 이유가 짐작이 가기 시작했다.

'과감해.'

잭 대니얼스 단장에게는 여러 장점이 있었다.

그중 가장 큰 장점은 결단력이 있다는 점이었다.

트레이드가 마이애미 말린스의 전력을 상승시키는 데 도움이 된다고 판단하자, 그는 지체 없이 움직였다. 그리고 LA 다저스와의 트레이드를 성사시켰을 뿐만 아니라, 추가 트레이드 논의도 활발하게 진행 중이었다.

'바뀐 상황을 활용할 줄 알아.'

조 매팅리 감독의 장점은 고정관념에 갇히지 않는다는 것이었다.

오늘 경기 선발투수로 예정된 것은 5선발 닉슨 페레이라.

그리고 마이애미 말린스는 LA 다저스와의 트레이드를 통해 검증된 유망주 선발투수인 더스틴 메이 영입에 성공했다.

해서 전문가들은 오늘 경기를 앞두고 닉슨 페레이라가 아닌 더스틴 메이가 선발투수로 출전할 가능성이 높다고 예측했다. 그러나 조 매팅리 감독의 선택은 달랐다.

그는 더스틴 메이가 아닌 닉슨 페레이라를 그대로 선발투수로 기용했다. 그리고 닉슨 페레이라는 8이닝 1실점이란 깜짝 호투를 펼치며 팀 승리의 견인차 역할을 해냈다.

'위기감, 그리고 절박함.'

닉슨 페레이라가 깜짝 호투를 펼친 요인은 짐작이 갔다.

5선발 경쟁자인 더스틴 메이가 합류하면서 선발 로테이션에서 밀려날 수도 있다는 위기감을 느꼈고, 이번 기회를 살리지 못하면 진짜 선발 로테이션에서 밀려날 수 있다는 절박함이 오늘 경기에서 닉슨 페레이라가 호투를 펼칠 수 있는 원동력이었다.

'오스틴 딘도 마찬가지야.'

박건이 합류한 후, 오스틴 딘은 줄곧 선발 라인업에서 제외됐었다.

그로 인해 위기감을 느끼고 있는 상황이었는데, 비슷한 처지였던 브라이언 앤더슨이 LA 다저스로 트레이드가 되는 것을 지켜보았다.

오스틴 딘으로서는 절박함을 느끼지 않을 수 없는 상황.

그래서 오랜만에 찾아온 출전 기회에서 최고의 집중력을 발휘했기 때문에 2타점 적시 2루타를 때려낼 수 있었던 것이었다.

'선수들의 심리를 이용해서 마지막 순간까지 활용한다.'

오스틴 딘과 피터슨 오브라이언, 그리고 마틴 프로도까지.

주전 경쟁에서 밀린 세 선수들은 브라이언 앤더슨과 마찬가지로 트레이드 카드로 활용될 가능성이 높았다. 그리고 조 매팅리 감독은 이 선수들이 트레이드되기 전까지 이들의 절박한 심리를 최대한 이용해서 1승이라도 더 챙기려는 것이었다.

"또 누가 영입될까?"

박건이 호기심을 품었을 때, 이용운이 입을 뗐다.

"잭 대니얼스 단장은 가장 보강이 필요한 포지션에 수준급 선수를 영입할 것이다."

"마이애미 말린스에 가장 보강이 필요한 포지션은 어디일까요?"

이용운이 대답했다.

"불펜투수가 필요하지."

                    *   *   *

"오스틴 딘을 원합니다."

바비 헌터 단장이 입을 연 순간, 잭 대니얼스가 커피 잔을 들어 입으로 가져갔다.

'예측이 또 맞았네.'

커피 잔으로 얼굴을 가린 채 잭 대니얼스가 희미한 웃음을 머금었다.

"워싱턴 내셔널스는 오스틴 딘에게 관심을 드러낼 겁니다. 오스틴 딘은 수비력이 있고 타격 능력도 갖추고 있어서 외야 백업 요원이 필요한 워싱턴 내셔널스 입장에서는 구미가 당길 수밖에 없는 트레이드 카드니까요."

'더 독해져서 돌아온 독한 야구' 진행자가 했던 예측은 이번에도 적중한 셈이었다.

"지피지기면 백전백태. 동양의 전략서인 손자병법에 등장하는 병법 중 하나입니다. 이 병법을 기억하면 마이애미 말린스는 협상에서 이득을 거둘 수 있을 겁니다."

진행자가 방송 도중에 덧붙였던 충고를 속으로 되새기며 잭 대니얼스가 질문했다.

"트레이드 카드로는 누굴 생각하고 계십니까?"

"닉 스몰링입니다."

'닉 스몰링이라. 상황을 오판하고 있군.'

바비 헌터 단장의 입에서 닉 스몰링의 이름이 흘러나온 순간, 잭 대니얼스가 속으로 생각했다.

닉 스몰링은 워싱턴 내셔널스가 공들여 키우고 있는 거포형 1루수 유망주.

LA 다저스와 트레이드를 하는 과정에서 마이애미 말린스는 1루수 이안 카스트로를 트레이드 카드로 활용했다.

그 사실을 잘 알고 있는 워싱턴 내셔널스 바비 헌터 단장은 트레이드 카드로 거포형 1루수 유망주 닉 스몰링을 제시한 것이었다.

그렇지만 잭 대니얼스가 원하는 것은 1루수 보강이 아니었다.

즉, 바비 헌터 단장은 상황을 오판한 채로 협상에 임하기 위해서 자신과 마주 앉아 있는 셈이었다.

잭 대니얼스의 속내를 파악하지 못한 바비 헌터 단장의 표정은 여유가 있었다.

닉 스몰링을 트레이드 카드로 제시했으니, 자신이 절대 거절하지 못할 거란 확신을 갖고 있기 때문이리라.

"단장님."

"말씀하시죠."

"그냥 없었던 일로 하시죠."

그래서일까.

잭 대니얼스가 단호한 어투로 협상 결렬을 선언하자, 바비 헌터 단장은 당황한 기색이 역력했다.

금세 표정에서 여유를 잃어버린 바비 헌터 단장이 허둥대며 입을 뗐다.

"제가 제시한 트레이드 카드가 마음에 들지 않습니까?"

"그렇습니다."

"하지만……."

"우리가 보강을 원하는 포지션은 투수입니다. 불펜투수죠. 그런데 닉 스몰링을 트레이드 카드로 제시했으니, 카드가 안 맞습니다."

"불펜투수를 원한다고요?"

"그래서 필라델피아 필리스 측과 협상을 진행 중입니다. 로버트 수아레즈를 트레이드 카드로 활용할 수 있다고 하더군요."

*   *   *

마이애미 말린스와 필라델피아 필리스.

두 구단 사이에 트레이드 협상이 상당 부분 진척된 것에 1차

충격.

필라델피아 필리스가 로버트 수아레즈를 트레이드 카드로 활용하려 한다는 것에 2차 충격.

바비 헌터 입장에서는 제대로 준비가 안 된 상태로 잇따라 뒤통수를 세게 얻어맞은 느낌이었다.

'제대로 오판했군.'

잭 대니얼스 단장과의 협상에 앞서 자신이 준비했던 것이 모두 헛수고였음을 깨달은 바비 헌터가 아득해지는 정신을 붙잡기 위해서 애쓰며 서둘러 생각을 이어나갔다.

'올 시즌에 부상으로 출전이 많지 않았지만, 로버트 수아레즈는 한 이닝은 확실히 책임질 수 있는 검증된 불펜투수, 그런데 오스틴 딘과 1 대 1 트레이드를 하는 것은 필라델피아 필리스 입장에서 너무 손해가 아닐까?'

바비 헌터의 생각이 거기까지 미쳤을 때였다.

"넘치니까요."

"……?"

"로버트 수아레즈가 부상을 당한 사이, 필라델피아 필리스는 유망주 투수들이 팀의 필승조로 확실히 자리를 잡았습니다. 그래서 로버트 수아레즈가 부상에서 복귀했음에도 출전 기회를 얻지 못할 정도로 불펜진이 무척 두껍습니다. 오스틴 딘과 로버트 수아레즈, 두 선수 모두 전력 외로 분류된 상황, 어느 쪽이 손해를 보는 트레이드일까? 이런 손익 계산은 별

의미가 없죠."

'틀린 이야기는 아냐.'

바비 헌터가 고개를 끄덕여 수긍했다.

잭 대니얼스 단장의 이야기는 원론적이었지만 틀린 부분이 없었다.

'오스틴 딘을 얻기는 어렵겠군.'

워싱턴 내셔널스는 필라델피아 필리스만큼 불펜진이 두껍지 않았다. 그래서 바비 헌터가 아쉬운 기색을 감추지 못하고 드러냈을 때였다.

"제이 콥스."

잭 대니얼스 단장이 불쑥 입을 뗐다.

'왜 제이 콥스의 이름을 꺼내는 거지?'

바비 헌터가 고개를 갸웃한 순간, 잭 대니얼스 단장이 덧붙였다.

"제이 콥스라면 오스틴 딘을 내줄 수 있소."

제이 콥스는 수비가 좋은 내야수.

주로 3루수로 출전하고 있지만, 2루수와 1루수로도 출전할 수 있는 내야 유틸리티 선수였다.

'제이 콥스로 이안 카스트로의 빈자리를 메우려는 건가?'

바비 헌터가 재차 고개를 갸웃했다.

제이 콥스가 1루 수비를 맡는 것은 문제가 없었다. 하지만 제이 콥스는 장타력이 부족했다.

그러니 LA 다저스로 이적한 이안 카스트로를 대체하기에는 역부족이었다.

'의중을 모르겠군.'

잭 대니얼스 단장이 제이 콥스를 원하는 의중을 파악하지 못한 바비 헌터가 답답한 한숨을 내쉬었을 때였다.

"가능합니까?"

잭 대니얼스 단장이 대답을 재촉했다.

"생각할 시간을 주십시오."

"하루 드리겠습니다."

'하루?'

너무 촉박하단 생각이 들어서 바비 헌터가 눈살을 찌푸렸을 때, 잭 대니얼스 단장이 덧붙였다.

"필라델피아 필리스가 무척 적극적으로 협상에 나서고 있어서 시간을 많이 드릴 수가 없습니다."

*   *   *

〈마이애미 말린스와 워싱턴 내셔널스 트레이드 단행. 어느 쪽이 이득을 얻었을까?〉

오스틴 딘과 제이 콥스의 트레이드 소식이 기사화됐다. 그리고 그로부터 약 두 시간 후, 또 한 건의 트레이드 소식이 기사

화됐다.

〈마이애미 말린스와 필라델피아 필리스 트레이드 합의, 로버트 수아레즈와 피터슨 오브라이언이 유니폼을 바꿔 입는다.〉

전문가들조차 혀를 내둘렀을 정도로 속전속결로 진행된 잇따른 트레이드 소식.

그리고 박건이 뛰고 있는 마이애미 말린스발 연쇄 트레이드 소식은 한국에서도 큰 이슈가 됐다.

─선수 이름 외우기도 벅차다. 간신히 외울 만하면 팀을 떠나네. 내 머리에 한계가 찾아왔으니 이제 트레이드 좀 그만해라.

─이러다 박건도 트레이드되는 것 아님?

─마이애미 말린스 개망.

─윗분 야알못이네. 마이애미 말린스 개이득임.

─야잘알인 내가 판단하기에는 또이또이.

─마이애미 말린스는 다 계획이 있구나. 리빌딩 착착 진행. 내년 시즌이 완전 기대됨.

마이애미 말린스의 트레이드에 대한 네티즌들의 반응은 엇갈렸다.

마이애미 말린스가 손해를 봤다는 주장도 있었고, 반대로 마이애미 말린스가 이득을 봤다는 주장도 있었다.

평가가 극명히 엇갈리는 상황.

댓글들을 쭉 살핀 후, 송이현이 질문했다.

"제임스 판단은 어때요?"

"다 맞는 이야기입니다."

"뭐래?"

송이현이 황당한 표정을 지었을 때, 제임스 윤이 덧붙였다.

"포커스를 어디에 맞추느냐에 따라서 결론이 달라질 수 있으니까요."

"어떻게 결론이 달라진다는 거죠?"

"리빌딩이 목표라면 이번 트레이드는 마이애미 말린스의 손해입니다. 하지만 윈나우가 목표라면 이번 트레이드는 마이애미 말린스의 이득입니다."

"윈나우라면······. 마이애미 말린스가 올 시즌 우승을 노리고 있단 건가요?"

"제가 일전에도 말씀드렸잖습니까? 마이애미 말린스의 잭 대니얼스 단장은 우승을 노리고 있다고."

"나도 들었던 기억은 나죠. 그런데······."

"그런데 뭡니까?"

"한 귀로 듣고 한 귀로 흘렸죠."

"······?"

"말도 안 되는 헛소리라고 생각했거든요."

송이현이 솔직하게 대답했지만, 제임스 윤은 화난 기색이 아니었다.

"캡틴이 헛소리라고 판단한 게 무리가 아닙니다. 캡틴만이 아니라 국내외 전문가들도 비슷하게 생각하고 있으니까요."

제임스 윤이 담담한 목소리로 꺼낸 이야기를 들은 송이현이 두 눈을 빛냈다.

―마이애미 말린스의 손해다.

국내외 전문가들은 연쇄 트레이드가 발생한 후, 마이애미 말린스가 손해를 봤다는 평가를 내렸다. 그리고 그런 평가를 내린 이유는 마이애미 말린스가 리빌딩을 위해서 트레이드를 시도했다고 판단했기 때문이었다.

"그렇지만 우승을 목표로 트레이드를 진행한 거라면 성공입니다. 이번 트레이드를 통해서 마이애미 말린스의 전력은 급상승했으니까요."

'급상승이라.'

제임스 윤의 평가를 듣던 송이현이 주목한 것은 '전력 급상승'이란 표현이었다.

Out : 이안 카스트로, 브라이언 앤더슨, 오스틴 딘, 피터슨 오브라이언, 마틴 프로도.

In : 더스틴 메이, 제이 콥스, 로버스 수아레즈, 현금 350만 달러.

마이애미 말린스 발 연쇄 트레이드 이후 타 팀으로 이적한 선수들과 마이애미 말린스로 이적해 온 선수들의 명단을 적은 후, 송이현이 팔짱을 꼈다.

'과연 마이애미 말린스의 전력이 급상승한 걸까?'

잠시 후, 송이현이 고개를 갸웃했다.

이안 카스트로가 떠난 1루 공백을 메우는 데 실패했단 생각이 들었기 때문이었다.

그나마 눈에 띄는 영입은 불펜투수 로버트 수아레즈였다.

그러나 부상 전력이 있는 데다가 노장 축에 속하는 로버트 수아레즈가 과연 얼마나 도움이 될지는 뚜껑을 열어봐야 알 수 있는 상황이었다.

'전력이 상승한 것은 맞아. 그런데… 전력이 급상승했다는 평가를 내리기에는 무리야.'

송이현이 막 결론을 내렸을 때였다.

"우승에 근접한 전력입니다."

제임스 윤은 또 한 번 자신과 다른 평가를 내렸다.

그 평가에 동의할 수 없었던 송이현이 반박했다.

"브라이언 앤더슨과 오스틴 딘, 피터슨 오브라이언, 마틴 프로도. 이 네 선수가 떠난 것은 큰 문제가 되지 않아요. 어차피 전력 외로 분류된 선수들이었으니까요. 그렇지만 이안 카스트로는 달라요. 주전 1루수였던 이안 카스트로가 팀을 떠났지만, 아직 대체 선수를 영입하지 못했으니까요. 물론 로버트 수아레즈를 영입하면서 허약했던 불펜진에 뎁스를 더한 것은 전력 상승 요인이지만, 로버트 수아레즈가 얼마나 제 몫을 해 줄 수 있는가 여부도 확실하지 않은 상태예요."

그 반박을 들은 제임스 윤이 대답했다.

"맞습니다."

"네?"

"캡틴의 평가가 정확합니다."

'뭐래?'

그 대답을 들은 송이현이 황당한 표정을 지었다.

"아까는 마이애미 말린스의 전력이 우승에 근접했다고 평가했잖아요? 기억 안 나요?"

"똑똑히 기억하고 있습니다."

"그런데 왜 방금 전에는 내 말이 맞다고 한 거예요? 앞뒤가 안 맞잖아요?"

"틀린 부분이 없으니까요."

"……?"

"이안 카스트로가 떠나고 난 후 대체 선수를 영입하지 못한 것, 로버트 수아레즈가 마이애미 말린스 불펜진의 뎁스를 깊게 만들어줄 수 있는지 알 수 없는 미지수라는 것. 연쇄 트레이드를 단행한 마이애미 말린스의 불안 요소가 맞습니다. 하지만… 아직 마이애미 말린스의 선수 영입은 끝난 게 아닙니다."

"추가 영입이 있을 것이다?"

"네. 잭 대니얼스 단장은 350만 달러를 벌어들였으니까요."

연쇄 트레이드를 통해서 마이애미 말린스는 더스틴 메이와 로버트 수아레즈, 제이 콥스, 이 세 선수를 영입했다. 그리고 현금 350만 달러도 벌어들였다.

마이애미 말린스가 벌어들인 350만 달러는 적지 않은 금액이었다.

그렇지만 메이저리그는 선수들의 몸값이 엄청났다.

'350만 달러로 이안 카스트로의 대체 선수를 영입하는 것이 가능할까?'

송이현이 이내 고개를 흔들었다.

불가능하단 생각이 들어서였다.

그런 그녀가 퍼뜩 떠올린 것은… 얼마 전에 제임스 윤과 나눴던 대화였다.

"청우 로얄스에서 뛰고 있는 외국인 선수들의 계약을 해지하라는 부분이었습니다."

"그거야……."

"앤서니 쉴즈입니다."

"......?"

"마이애미 말린스는 두 시즌 동안 청우 로얄스에서 뛴 앤서니 쉴즈를 영입하고 싶다는 의사를 밝힌 겁니다."

'앤서니 쉴즈를 이안 카스트로의 대체 선수로 영입하려는 심산인 건가?'

그 대화를 떠올렸던 송이현이 자신의 짐작이 맞는가 여부를 확인하기 위해서 다시 질문을 던졌다.

"청우 로얄스에서 뛰었던 앤서니 쉴즈가… 마이애미 말린스가 점찍어 둔 이안 카스트로의 대체 선수가 맞나요?"

"맞습니다."

'그럼… 가능하지.'

두 시즌 가까이 KBO 리그에서 뛴 앤서니 쉴즈는 몸값이 비싼 편이 아니었다.

마이애미 말린스가 벌어들인 350만 달러로 충분히 영입할 수 있었다.

아니, 그를 영입하는 데는 350만 달러보다 훨씬 적은 금액만 지불해도 충분할 것이었다.

'과연 이안 카스트로를 대체할 수 있을까?'

송이현이 다음으로 떠올린 의문이었다.

'어렵지 않을까?'

이렇게 판단한 송이현이 다시 입을 뗐다.

"이안 카스트로를 대체하기에 앤서니 쉴즈는 역부족이지 않을까요?"

그 질문을 받은 제임스 윤이 대답했다.

"모르죠,"

'모른다?'

너무 무책임한 대답이란 생각이 들었을 때, 제임스 윤이 덧붙였다.

"박건 선수가 메이저리그에 진출해서 이 정도로 잘할 것이라고 예상한 사람이 누가 있었습니까?"

'그렇긴 하네.'

박건이 메이저리그에 진출했을 때, 대부분의 국내외 전문가들과 야구팬들은 그가 메이저리그에서 생존하기 어려울 것이라 예상했었다.

그러나 그 예상은 보기 좋게 빗나갔다.

박건은 메이저리그에서 생존했을 뿐만 아니라, 무척 인상적인 활약을 펼치고 있었다.

메이저리그 올스타 후보로도 선정된 것이 박건의 활약이 아주 훌륭하단 증거였다.

'앤서니 쉴즈가 이안 카스트로 이상의 활약을 펼칠지도 모르지.'

비록 올 시즌 도중에 청우 로얄스에서 방출되긴 했지만, 방출 이유가 앤서니 쉴즈의 실력이 부족해서는 아니었다.

어디까지나 구단의 전략적인 선택이었다.

'앤서니 쉴즈도 좋은 선수이니까.'

청우 로얄스에서 뛴 첫 시즌이었던 지난 시즌보다 올 시즌 앤서니 쉴즈는 더 발전한 모습을 보였다. 그러니 이안 카스트로의 대체 선수 역할 이상을 해낼 가능성도 분명히 존재했다.

'돈 벌었네.'

잠시 후, 송이현이 희미한 미소를 머금었다.

마이애미 말린스는 앤서니 쉴즈를 시즌 도중에 영입하는 만큼, 100만 달러 미만의 비용이 발생할 가능성이 높았다.

즉, 잭 대니얼스 단장은 연쇄 트레이드를 통해서 알짜 선수 영입에 성공했을 뿐만 아니라, 250만 달러 이상을 벌어들인 셈이었다.

그때, 제임스 윤이 의중을 파악한 듯 웃으며 말했다.

"잭 대니얼스 단장은 투수를 영입할 겁니다."

"투수요?"

"우승을 노리고 있으니까요."

"누굴 영입할까요?"

"짐작 가는 선수가 없습니까?"

"네?"

"캡틴도 잘 알고 있는 선수입니다."

'내가 잘 아는 선수? 누구일까?'

송이현이 고개를 갸웃했다.

그녀가 알고 있는 메이저리그 투수들은 대부분 리그 정상급 투수들이었다.

그런 투수들을 고작 250만 달러의 자금으로 영입하는 것은 불가능했다.

해서 송이현이 의문을 품었을 때, 제임스 윤이 답을 알려주었다.

"조던 픽스입니다."

제3장

"마이애미 말린스와 애틀랜타 브레이브스의 시리즈 3차전 경기는 이제 후반으로 접어들고 있습니다. 잠시 후에 돌아오겠습니다."

캐스터 서동재의 목소리는 착 가라앉아 있었다. 그리고 윤재규는 그 이유를 짐작할 수 있었다.

세간의 이목을 집중시킨 연쇄 트레이드가 일어난 후, 마이애미 말린스의 첫 상대는 애틀랜타 브레이브스였다.

지구 최하위와 지구 선두의 맞대결.

그럼에도 양 팀의 맞대결이 야구팬들의 이목을 집중시킨 이유는 연쇄 트레이드의 중심에 서 있었던 마이애미 말린스의 트레이드 효과에 대한 호기심을 느꼈기 때문이었다.

그러나 소문난 잔치에 먹을 게 없다는 이야기는 틀리지 않았다.

1차전 최종 스코어 2—11.

2차전 최종 스코어 1—7.

애틀랜타 브레이브스는 시리즈 1차전과 2차전에서 잇따라 승리하면서 일찌감치 위닝 시리즈를 확보했다. 그리고 경기 내용도 일방적이었다.

이것이 마이애미 말린스 경기를 중계하는 캐스터 서동재의 목소리가 착 가라앉았던 이유였다.

"어떻게 보십니까?"

광고가 나가는 사이, 서동재가 질문했다.

"망했어."

그 질문을 받은 허기원이 한숨을 내쉬며 대답했다.

"든 자리는 몰라도 난 자리는 크게 느껴지는 법이란 속담대로야. 마이애미 말린스는 이안 카스트로의 대체자원을 영입하지 않았고, 그로 인해 큰 대가를 치르게 될 거야."

허기원이 덧붙인 이야기가 일리가 있다고 판단한 걸까.

서동재가 고개를 끄덕이며 고개를 돌렸다.

"올 시즌 마이애미 말린스는 힘들 것 같은데요?"

윤재규가 고개를 내저으며 허기원과 다른 의견을 꺼냈다.

"그렇게 판단하기에는 아직 너무 일러요."

"네?"

"추가 영입이 이뤄진다면 상황이 또 바뀔 수 있으니까. 그리고 아직 시즌은 끝난 것이 아니니까요."

윤재규의 말이 끝나기 무섭게 카메라에 불이 들어왔다.

"1—2, 한 점 차로 뒤지고 있는 마이애미 말린스의 7회 초 공격이 시작됐습니다. 애틀랜타 브레이브스의 마운드는 여전히 선발투수인 마이클 소로카가 지키고 있습니다. 7회 초 마이애미 말린스의 선두타자는 폴 바셋입니다. 클린업트리오부터 시작되는 이번 공격, 기대해도 좋지 않을까요? 아, 말씀드리는 순간, 폴 바셋 선수가 마이클 소로카의 초구를 공략했습니다. 좌익수 방면으로 향하는 타구, 아, 그러나 멀리 뻗지는 못하네요."

"타이밍을 뺏겼어요. 그래서 타구가 멀리 뻗지 못한 거죠."

"폴 바셋이 좌익수 플라이로 물러나면서 1사 주자 없는 상황에서 박건 선수가 타석에 들어섭니다. 어떤 결과가 나올까요? 마이클 소로카 선수가 초구를 던집니다. 초구는 몸 쪽 직구. 아, 몸에 맞았습니다. 마이클 소로카 선수의 몸 쪽 직구가 너무 깊었고, 박건 선수는 피하지 못했습니다. 사구를 맞은 박건 선수가 1루로 출루합니다. 불행 중 다행인 점은 부상은 없는 것 같네요."

"아쉽네요."

1루로 걸어나가고 있는 박건의 표정은 아쉬운 기색이 가득했다. 그리고 윤재규도 아쉬운 기색을 감추지 못한 채 입을 뗐다.

"박건 선수는 자신의 타석에서 장타를 노렸을 겁니다. 그런데 사구로 인해 타석에서 스윙조차 해보지 못하고 물러나게 됐으니까 많이 아쉬울 겁니다."

"그렇지만 박건 선수가 출루하면서 마이애미 말린스는 득점 찬스를 잡았지 않습니까? 게다가 데릭 로이스 선수가 오늘 경기에서는 안타를 때려내지 못했지만, 1루주로 출전하기 시작한 후 타석에서의 성적이 나쁘지 않습니다. 물론 표본이 많지는 않지만, 3할대 중반의 타율을 기록하고 있으니까요."

서동재가 반박한 순간, 윤재규가 다시 입을 뗐다.

"데릭 로이스 선수에게 너무 큰 기대를 하면 안 됩니다."

"이유는요?"

"그 이유는……."

윤재규가 타석에 들어서 있는 데릭 로이스에게 큰 기대를 하면 안 되는 이유를 밝히려 했지만, 허기원이 한 박자 빨리 끼어들었다.

"저는 의견이 다릅니다. 기존 마이애미 말린스의 주전 1루수였던 이안 카스트로 선수가 트레이드로 팀을 떠나고 난 후, 1루수로 출전하고 있는 데릭 로이스 선수는 공수에서 기대 이상의 좋은 활약을 펼치고 있습니다. 그리고 데릭 로이스 선수가 기대 이상의 활약을 펼치는 이유는 동기부여 요인이 있기 때문이라고 판단합니다. 이안 카스트로가 트레이드로 팀을 떠난 지금이 데릭 로이스 선수에게는 주전으로 발돋움할 수 있는 절호의 기회입니다. 이 절호의 기회를 놓치지 않고 주전 1루수 자리를 꿰차겠다는 동기부여 요인이 있기 때문에 데릭 로이스 선수의 이번 타석이 기대가 됩니다."

허기원의 말이 끝나기 무섭게 타석에 들어서 있던 데릭 로이스가 마이클 소로카의 2구째 싱커를 공략했다.

슈악.

딱.

배트 하단에 맞은 타구는 유격수 앞으로 굴러갔다. 그리고 애틀랜타 브레이브스의 유격수는 침착하게 타구를 잡아내서 2루로 송구했고, 6—4—3으로 이어지는 병살 플레이가 만들어졌다.

'아쉽네.'

그 일련의 과정을 지켜본 윤재규가 아쉬움을 느꼈다.

그가 아쉬움을 느낀 이유는 크게 둘.

우선 데릭 로이스가 병살타를 때리면서 마이애미 말린스가 추격점을 올릴 기회가 무산됐기 때문이었다.

또 하나의 이유는 데릭 로이스에게 너무 큰 기대를 가지면 안 된다고 주장했던 이유를 밝힐 기회를 놓쳤기 때문이었다.

"데릭 로이스의 타구, 잘 맞은 타구였는데 아쉽네요. 정타가 됐음에도 코스가 너무 정직했고, 애틀랜타 브레이브스 유격수의 호수비까지 더해지면서 병살 플레이로 연결이 되고 말았습니다."

그사이에 해설을 이어나가는 허기원을 윤재규가 매섭게 노려
보았다.

아까 그는 타석에 선 데릭 로이스의 최근 타격감이 좋은 편
이고, 동기부여 요소가 있기 때문에 이번 타석을 기대해도 좋
다는 주장을 펼쳤었다. 그러나 결과는 병살타였다.

'빗맞은 타구, 그리고 호수비는 절대 아니었어.'

허기원이 한 해설 가운데는 두 가지나 사실과 다른 점이 존
재했다.

일단 데릭 로이스의 타구는 배트 중심에 제대로 맞은 정타가
아니었다.

배트 하단에 맞은 빗맞은 타구였다.

또 애틀랜타 브레이브스의 유격수가 펼친 수비는 호수비와
는 거리가 멀었다.

윤재규가 주로 해설을 맡았던 고교 야구의 유격수라고 해도
충분히 병살플레이를 만들 수 있을 정도의 타구.

당연히 해야 할 수비를 펼친 것이지 호수비는 절대 아니었다.

그 사실을 허기원이 모를까.

그럴 리가 없었다.

그럼에도 불구하고 허기원이 해설 중에 이렇게 주장하는 데
는 이유가 있었다.

조금 전 자신의 예측이 틀렸던 것을 어떻게든 포장하기 위해

서였다.

'한심하네.'

자기 밥그릇을 지키기 위해서 필사적으로 변론에 나서고 있는 허기원을 윤재규가 매섭게 노려보았다.

마음 같아서는 데릭 로이스가 때린 타구는 정타가 아니라 빗맞은 타구였고, 애틀랜타 브레이브스의 유격수는 호수비를 펼친 것이 아니라 당연히 펼쳐야 할 수비를 펼쳤던 것뿐이라고 반박하고 싶었다.

그러나 윤재규는 필사적으로 참았다.

함께 중계를 하는 해설위원들끼리 언쟁을 벌이는 것.

모양새가 우스워진다는 사실을 알아서였다.

또, 득(得)보다 실(失)이 많다는 것을 경험을 통해서 알아서였다.

'후우.'

답답한 한숨을 내쉬던 윤재규가 퍼뜩 떠올린 것은 이용운이었다.

'만약 용운이었다면?'

이런 상황에서 자신처럼 절대 참지 않았을 것이란 생각이 들어서였다.

"해설위원 경력이 그리 오래됐는데 정타와 빗맞은 타구도 구분 못 하십니까? 그리고 중학교 야구부 유격수도 할 수 있는 수비를 호수비라고 주장하시는 게 대체 말입니까? 방귀입니까?"

　이렇게 쏘아붙였을 것이 분명한 이용운이 무척 그립다는 생각을 하면서 윤재규가 그라운드로 시선을 던졌다.

　그런 그의 시선이 향한 것은 수비 위치로 걸어가고 있는 박건이었다.

　박건은 마이애미 말린스가 지구 우승을 목표로 하고 있다고 말했었다.

　그렇지만 현재 마이애미 말린스는 내셔널리그 동부 지구 우승권에 근접한 전력과는 한참 거리가 있었다.

　'정말… 우승할 수 있나?'

　해서 걱정이 깃든 윤재규가 박건에게 닿지 못할 질문을 던졌다.

　　　　　*　　　　　*　　　　　*

　6이닝 2실점.

　마이애미 말린스의 선발투수인 네이션 불러는 애틀랜타 브레이브스의 강타선을 상대로 비교적 호투를 펼쳤다.

　그러나 7회 말 수비에서 위기에 처했다.

　7회 말의 첫 타자인 투수 마이크 소로카를 삼진으로 잡을 때까지는 좋았다.

그러나 아지 알비스에게 중전안타를 허용한 후, 갑자기 제구가 흔들리며 조쉬 도날드슨에게 볼넷을 허용했다.

1사 1, 2루로 상황이 바뀐 순간, 조 매팅리 감독이 마운드를 방문했다. 그리고 조 매팅리 감독은 투수를 교체하는 결단을 내렸다.

'추가 실점하면 오늘 경기를 역전하기 어렵다고 판단한 거야.'

조 매팅리 감독의 선택은 트레이드를 통해서 새로이 영입한 불펜투수 로버트 수아레즈였다.

'너무 일러.'

마운드로 걸어 올라가고 있는 로버트 수아레즈에게 박건이 우려 섞인 시선을 던졌다.

로버트 수아레즈는 트레이드를 통해서 마이애미 말린스에 합류한 지 얼마 지나지 않은 시점.

게다가 올 시즌 로버트 수아레즈는 부상으로 인해 실전 경험이 부족한 상황이었다.

실전 경험을 되찾기 전까지 좀 더 여유 있는 상황에서 경기에 투입하는 편이 맞았는데 지금은 박빙의 승부처였다.

이것이 박건이 마운드로 걸어 올라가고 있는 로버트 수아레즈를 향해 우려 섞인 시선을 던진 이유.

'달리 선택의 여지가 없는 것도 사실이야.'

그렇지만 현재 믿을 수 있는 불펜투수들이 전무한 마이애미 말린스의 형편상 승부처에서 로버트 수아레즈를 투입하는 것이 고육지책이란 생각도 들었다.

'막아라.'

지금 박건이 할 수 있는 것은 로버트 수아레즈가 호투하길 기도하는 것이었다.

또, 타구가 좌익수 방면으로 날아올 경우 로버트 수아레즈의 부담을 덜어줄 수 있도록 호수비를 펼치는 것이었다.

해서 박건이 잔뜩 집중한 채 로버트 수아레즈와 프레디 프리먼의 대결을 지켜보았다.

슈아악.

"스트라이크."

3볼 1스트라이크의 불리한 볼카운트에서 로버트 수아레즈는 바깥쪽 꽉 찬 코스의 직구를 던져서 승부를 풀카운트로 끌고 가는 데 성공했다.

'제구가 된다.'

박건이 내심 감탄했을 때, 로버트 수아레즈가 6구째 공을 던지기 위해서 투구 동작에 돌입했다.

슈아악.

그리고 6구째로 로버트 수아레즈가 선택한 공은 몸 쪽 직구였다.

"스트라이크아웃."

바깥쪽 승부를 의식하고 있다가 완전히 허를 찔러 버린 프레디 프리먼은 루킹삼진을 당하고 물러났다.

2사 1, 2루로 상황이 바뀐 순간, 박건이 안도의 한숨을 내쉬었다.

그렇지만 너무 일찍 안도의 한숨을 내쉰 셈이었다.

슈아악.

따악.

로버트 수아레즈는 2사 1, 2루 상황에서 만난 애틀랜타 브레이브스의 4번 타자 로날드 아쿠냐 주니어를 넘지 못했다.

바깥쪽 직구를 노려 친 로날드 아쿠냐 주니어의 타구는 열심히 쫓아간 중견수 커티스 그랜더슨의 키를 넘기고 펜스를 직격했다.

주자 일소 2루타.

1—4.

로버트 수아레즈가 고개를 아래로 떨궜다.

점수 차가 석 점으로 벌어진 순간, 박건은 오늘 경기의 패배를 직감했다.

＊   ＊   ＊

최종 스코어 1—5.

마이애미 말린스는 애틀랜타 브레이브스와의 3연전 마지막 경기에서도 패했다.

'강하다.'

시리즈 스윕을 당하고 난 후, 박건은 지구 선두를 달리고 있는 애틀랜타 브레이브스의 탄탄한 전력에 감탄했다.

공수주, 어느 면에서도 약점이 보이지 않았기 때문이었다.

'과연 지구 우승을 차지할 수 있을까?'

마이애미 말린스가 지구 우승을 차지하기 위해서는 애틀랜타 브레이브스라는 높은 산을 넘어야 했다.

그것이 결코 쉬운 일이 아니라는 사실을 알았기에 박건의 표정이 어두워졌을 때였다.

"마음에 안 들지?"

이용운이 불쑥 물었다.

그는 다짜고짜 마음에 들지 않느냐고 물었지만, 이미 오랜 시간 이용운과 함께 지낸 박건은 이내 질문의 요지를 알아챘다.

연쇄 트레이드를 통해서 기존의 선수들을 내보내고 새로운 선수들을 영입한 마이애미 말린스의 현재 전력이 불만족스러운 게 아니냐고 질문한 것이었다.

"기대에 미치지 못하는 것은 사실입니다."

박건이 솔직하게 대답했다.

애틀랜타 브레이브스와의 대결에서 시리즈 스윕 패를 당한 결과도 불만이었지만, 과정도 불만인 것은 마찬가지였다.

'데릭 로이스로는 어려워.'

주전 1루수였던 이안 카스트로가 트레이드로 LA 다저스로 이적한 후, 공석인 1루수 자리를 꿰찬 것은 데릭 로이스였다. 그리고 데릭 로이스는 본인에게 찾아온 기회를 놓치지 않았다.

3할대 초반의 타율을 기록하면서 본인에게 경쟁력이 있다는 사실을 증명하기 위해서 애썼다.

그렇지만 박건은 이내 데릭 로이스의 한계를 알아챘다.

'우투수에 약해.'

좌투수를 상대로 데릭 로이스는 꽤 괜찮은 타격을 했다. 그러나 우투수를 상대로는 뚜렷한 약점을 노출했다.

우투수 상대로 통산 타율이 1할대 중반이란 것이 데릭 로이스가 우투수에게 약점이 있다는 증거였다.

이런 데릭 로이스의 약점은 금세 간파될 터.

그리고 약점을 파악되고 나면 데릭 로이스는 앞으로 고전할 가능성이 높았다.

'로버트 수아레즈는 기대에 못 미쳐.'

로버트 수아레즈는 장점과 단점이 극명했다.

장점은 제구가 좋다는 것이고, 단점은 구종이 단순하다는 것이었다.

직구와 슬라이더.

간혹 싱커를 구사하기는 하지만, 로버트 수아레즈는 주로 직구와 슬라이더, 두 구종만 집중해서 구사하는 투피치 유형의 투수였다. 그리고 구종이 단순한 편임에도 불구하고 로버트 수아레즈가 그동안 필라델피아 필리스 팀의 필승조로 활약할 수 있었던 원인은 직구의 구속이 빠르고 공에 힘이 있어서였다.

하지만 부상 여파 때문일까.

로버트 수아레즈의 직구 구속은 부상 이전에 비해서 약 5km가량 줄어들어 있었다.

더 큰 문제는 공에 힘이 떨어졌다는 점이었다.

오늘 경기에서 바깥쪽 낮은 코스에 완벽하게 제구가 됐던 직구를 구사했음에도 로날드 아쿠냐 주니어에게 중견수의 키를 넘기는 주자 일소 2루타를 허용했던 것이 로버트 수아레즈의 공에 힘이 떨어졌다는 증거였다.

'더스틴 메이와 제이 콥스는 아직 출전하지도 않은 만큼 팀에 도움이 되고 있지 않는 상황이야. 과연 이번 트레이드를 성공작이라고 부를 수 있을까?'

박건의 의심이 차곡차곡 쌓여갔을 때였다.

"나 역시 지금의 마이애미 말린스가 마음에 안 든다."

이용운 역시 현재 마이애미 말린스의 전력에 불만을 토로했다.

'추가 트레이드?'

이 문제를 해결하기 위한 방법을 찾던 박건이 추가 트레이드를 떠올렸을 때였다.

"총알이 다 떨어졌다."

박건의 속내를 읽은 이용운이 딱 잘라 말했다.

'트레이드 카드가 더 이상 남아 있지 않다는 거야.'

박건이 그 의견에 수긍했다.

마이애미 말린스에는 더 이상 타 구단이 군침을 흘릴 정도로 매력적인 트레이드 카드가 남아 있지 않은 것이 사실이었다.

'그럼… 외부 수혈밖에 답이 없네.'

잠시 후, 박건이 떠올린 것은 얼마 전 녹화했던 '더 독해져서 돌아온 독한 야구'에서 했던 멘트였다.

"이안 카스트로의 대체 선수를 찾는 것, 그리고 로버트 수아 레즈가 정상 컨디션을 회복할 때까지 활약할 수 있는 불펜투 수를 찾는 것, 이 두 가지가 마이애미 말린스에 남아 있는 실질 적인 마지막 과제라고 할 수 있습니다. 이 두 가지 과제를 해결 할 수 있는 방법은 외부 수혈뿐입니다. 하지만 문제는 항상 돈이 죠. 실력이 뛰어난 좋은 선수를 영입하기 위해서는 많은 돈이 필요합니다. 그리고 마이애미 말린스는 스몰 마켓 구단입니다. 선수 영입을 위해서 거액을 지출할 여력이 없죠. 그래서 가성비 를 따져야 합니다. 현재 마이애미 말린스는 트레이드를 통해서 350만 달러의 여윳돈을 확보한 상태이고, 이 여윳돈을 활용해 서 두 가지 과제를 동시에 해결해야 하기 때문입니다. 마침 가 성비가 뛰어난 선수들이 시장에 매물로 나와 있습니다. 조던 픽 스, 그리고 앤서니 쉴즈라는 선수입니다. 이 두 선수들의 이름이 무척 낯설 겁니다. 그들은 메이저리그가 아닌 KBO 리그에서 뛰고 있으니까요. 그렇지만 이렇게 설명하면 이해하기 쉬울 겁니다. 박건과 함께 KBO 리그에서 함께 뛰면서 청우 로얄스라는 팀의 통합 우승을 이끌었던 선수들이 바로 조던 픽스와 앤서니 쉴즈였습니다. 그들은 KBO 리그에서 인상적인 활약을 펼쳤던 선수들이었죠. 물론 KBO 리그와 메이저리그는 수준 차가 있다는 주장을 펼치실 분들이 계실 겁니다. 그렇지만 박건을 잊으면 안 됩니다. 박건도 KBO 리그에서 뛰었던 선수입니다."

'앤서니 쉴즈, 그리고 조던 픽스.'

이용운이 언급한 선수들이었다.

청우 로얄스에서 함께 뛰었던 경험이 있기에 박건은 두 선수가 갖고 있는 능력에 대해 잘 알고 있었다.

그럼에도 불구하고 메이저리그 구단들은 KBO 리그에서 좋은 활약을 펼친 선수들을 영입하는 것을 주저했다.

KBO 리그는 메이저리그에 비해 수준이 떨어진다는 선입견을 갖고 있기 때문이었다.

실제로 KBO 리그에서 뛰어난 활약을 펼친 후 메이저리그에 진출했던 선수들이 적응에 실패했던 것이 이런 선입견이 더욱 공고해진 원인이었다.

그러나 지금은 상황이 달라졌다.

박건이 메이저리그에서도 좋은 활약을 펼치고 있는 덕분에 이런 선입견이 많이 희석된 상태였다.

"후배가 길을 터준 셈이지."

이용운의 의견도 다르지 않았다.

박건이 멋쩍은 표정을 지었을 때였다.

지이잉. 지이잉.

휴대전화가 진동했다.

잭 대니얼스 단장에게서 걸려온 전화임을 확인한 박건이 통화 버튼을 눌렀다.

*   *   *

"왔군."

단장실로 들어서자, 잭 대니얼스가 자리에서 일어나며 반갑게 맞아주었다.

"무슨 일로 찾으셨습니까?"

환하게 웃고 있는 잭 대니얼스와 악수를 나누며 박건이 물었다.

"몇 가지 논의할 게 있어서 만나자고 했네."

"말씀하시죠."

"우선 사과부터 하겠네."

'사과?'

갑자기 사과를 하는 잭 대니얼스로 인해 박건이 살짝 당황했을 때였다.

"자네도 알다시피 트레이드를 비롯해서 그동안 우리 팀에 많은 일이 있었네. 말 그대로 상황이 급박하게 돌아갔지. 그래서 자네에게 좀 더 세심하게 신경을 못 썼네. 그 점을 사과하고 싶네."

"괜찮습니다."

"아니, 내가 괜찮지 않아. 팀의 주축 선수가 된 자네는 좋은 활약을 펼치고 있네. 그에 대한 합당한 대우를 해주지 못했던 것은 내 실수야. 그래서 하는 말인데… 우선 라커부터 옮기게."

"라커요?"

"이안 카스트로가 쓰던 라커가 비어 있네. 거길 자네가 쓰게."

예상치 못했던 제안을 받은 박건이 얼떨떨한 표정을 지었다.

이안 카스트로는 LA 다저스로 이적하기 전까지 마이애미 말린스의 핵심 선수이자 최고참 선수였다.

그런 그는 통로와 가까운 곳에 위치한 라커를 사용했었다.

게다가 옆자리 라커는 줄곧 비어 있었다.

그래서 이안 카스트로는 두 개의 라커를 함께 사용했던 셈이었다.

그리고 잭 대니얼스 단장은 박건에게 이안 카스트로가 사용했던 라커를 대신 사용하라고 제안하고 있었다.

얼핏 듣기에는 별것 아닌 제안처럼 느껴졌다.

그렇지만 실상은 달랐다.

메이저리그는 무척 자유분방한 것처럼 보이지만, 의외로 엄격한 면이 존재했다.

가장 대표적인 것이 선수들 사이의 서열이었다.

─실력이 뛰어난 선수는 그에 걸맞는 합당한 대우를 받아야 한다.

이런 규칙이 암묵적으로 존재했고, 합당한 대우를 해주기 위해서 고액의 연봉을 지급했다. 그리고 또 다른 배려가 라커였다.

실력이 뛰어난 선수에게는 이동이 편리한 통로 측 라커를 배정했다.

또, 그 라커의 옆 라커를 일부러 비워두었다.

두 개의 라커를 넉넉하게 사용하라는 배려.

그래서 라커의 위치를 보면 그 선수의 팀 내 위상을 알 수 있었다.

그런데 박건이 이안 카스트로가 사용하던 라커를 사용한다는 것.

마이애미 말린스의 핵심 선수이자 주축 선수로 인정받았다는 의미가 담겨 있었다.

그 의미를 알고 있는 박건이 얼떨떨한 표정을 짓고 있을 때였다.

"축하한다."

"……?"

"후배가 마이애미 말린스의 주축 선수로 인정받았으니까."

이용운이 축하 인사를 건넸다.

"감사합니다."

박건이 가늘게 떨리는 목소리로 대답했다.

지금의 자신이 있는 것.

이용운의 조력 덕분임을 알고 있어서였다.

박건이 꺼낸 대답은 이용운에 대한 감사의 의미였다.

그렇지만 이용운의 존재를 전혀 모르는 잭 대니얼스 단장은 본인을 향한 인사라고 오판했다.

"자네가 기대 이상의 활약을 펼쳐주고 있으니 오히려 내가 고마워해야지. 자, 그럼 다음 이야기로 넘어가 보세. 먼저 이걸 좀 읽어보게."

잭 대니얼스 단장이 서류철을 내밀었다.

"이게 뭡니까?"

"스카우트 리포트네."

박건이 서류철을 건네받아 살폈다.

'앤서니 쉴즈와 조던 픽스에 대한 스카우트 리포트로구나.'

—타율 0.318, 홈런 14개, OPS……

—평균 자책점 3.16, 10승 5패, BB9 1.3, WHIP……

앤서니 쉴즈와 조던 픽스.

두 선수가 KBO 리그에서 뛸 때의 기록들이 지나치다 싶을 정도로 세세하게 기록되어 있었고 말미에는 스카우터의 의견이 적혀 있었다.

—예상 타율 0.242, 예상 홈런 8개, 예상 OPS……

—예상 평균 자책점 5.27, 예상 승수 5승, 예상 BB9 2.4, 예상 WHIP……

두 선수가 메이저리그에서 뛸 경우를 가정해서 예상한 기록들을 대충 살피던 박건이 코웃음을 치며 서류철을 덮었다

그런 자신의 반응을 유심히 살피던 잭 대니얼스 단장이 질문했다.

"왜 코웃음을 친 건가? 스카우팅 리포트에 마음에 들지 않는 부분이 있나?"

"그건 아닙니다. 그냥 문득 궁금해져서요."

"뭐가 궁금해졌단 건가?"

"제 스카우팅 리포트요."

"……?"

"제 스카우팅 리포트도 이렇게 혹독하지 않았을까 하는 생각이 들었습니다."

"그건……."

"앤서니 쉴즈와 조던 픽스, 두 선수의 영입 절차를 진행하기 전에 제 의견을 묻고 싶으신 겁니까?"

"맞네. 청우 로얄스에서 함께 뛴 경험이 있으니, 자네가 이 두 선수들에 대해서 잘 알고 있을 거란 생각이 들었네. 그래서 자네의 의견을 구하고 싶네."

예상했던 대답이 돌아온 순간, 박건이 망설이지 않고 입을 뗐다.

"틀렸습니다."

"뭐가 틀렸단 건가?"

"스카우팅 리포트가 틀렸습니다. 제가 그걸 증명하지 않았습니까?"

잭 대니얼스가 반박하지 못하는 것을 확인한 박건이 부탁했다.

"펜을 좀 빌려주시죠."

"여기 있네."

펜을 건네받은 박건이 망설이지 않고 수정을 시작했다.

—예상 타율 0.270, 예상 홈런 15개, 예상 OPS…….

—예상 평균 자책점 2.54, 예상 홀드 수 33개, 예상 BB9 0. 6, 예상 WHIP…….

박건이 거침없이 수정을 마치자, 잭 대니얼스가 두 눈을 크게 떴다.

"이게… 뭔가?"

"메이저리그에 진출한 후 풀타임 주전으로 뛴다고 가정했을 때, 제가 예상하는 두 선수의 기록입니다."

"너무 후한 평가가 아닌가?"

"판단은 단장님의 몫입니다."

"무슨 뜻인가?"

"스카우팅 리포트를 믿는가? 제 안목을 믿는가? 어느 쪽을 선택할지 판단하는 것은 단장님의 몫이란 뜻입니다."

"흐음."

선뜻 결정을 내리지 못하고 고민에 잠긴 잭 대니얼스의 반응을 살피던 박건이 다시 입을 뗐다.

"마이애미 말린스에 잘 어울리는 선수들입니다."

"왜 그렇게 판단한 건가?"

"앤서니 쉴즈는 중장거리형 타자입니다. 홈런 개수는 많지 않은 편이지만 타격의 정확성이 뛰어납니다. 그리고 하나 더, 발이 빠릅니다. 트레이드를 통해서 제이 콥스를 영입한 것, 기동력 야구를 하겠다는 의미가 담겨 있는 것 아닙니까? 앤서니 쉴즈는 그런 마이애미 말린스의 색깔에 부합하는 선수입니다."

잭 대니얼스가 머그잔을 들어 입으로 가져갔다.

미지근하게 식어 버린 커피를 한 모금 마신 잭 대니얼스가 떠올린 것은 조 매팅리 감독과의 대화였다.

"왜 제이 콥스를 영입하려는 건가?"

"제이 콥스는 닐 워커의 대체 선수입니다."

"이안 카스트로의 대체 선수가 아니라 닐 워커의 대체 선수라고?"

제이 콥스는 내야 전 포지션을 소화할 수 있는 유틸리티 플레이어.

그래서 조 매팅리 감독이 트레이드를 통해서 제이 콥스를 영입하려는 것이 이안 카스트로의 대체 선수로 낙점했기 때문이라고 짐작했다.

그런 잭 대니얼스의 예상은 완전히 빗나간 셈이었다.

그때, 조 매팅리 감독이 다시 입을 뗐다.

"우리 팀의 약점 중 하나는 득점 생산력이 낮다는 겁니다."

"그렇지."

"그래서 득점 생산력을 높이는 것이 필요합니다. 그 목표를 달성하기 위해서 가장 필요한 것은 복제 인간입니다."

"복제 인간?"

"박건 선수가 한 명만 더 타선에 포진되면 우리 팀의 득점력이 대폭 상승할 테니까요."

조 매팅리 감독이 던진 농담에 잭 대니얼스가 쓴웃음을 머금었다.

'그게 가능하면 좋겠군.'

잭 대니얼스가 쓴웃음을 머금은 채 속으로 생각했을 때, 조 매팅리 감독이 안타까운 표정으로 입을 뗐다.

"하지만 그건 불가능한 일이죠. 그래서 제가 찾아낸 해법은 기동력 야구입니다."

"기동력 야구?"

"기동력을 이용해서 한 베이스씩 더 진루하면서 득점을 짜내는 것입니다. 그래서 이안 카스트로와 닐 워커를 라인업에서 배제시키려는 겁니다."

"두 선수는 발이 느리다?"

"네."

"그럼 닐 워커도 트레이드 카드로 활용할까?"

"그건 안 됩니다."

"왜 반대하는 건가?"

"부상 등의 만약의 사태에 대비해야 하니까요."

브라이언 앤더슨과 이안 카스트로, 마틴 프로도까지.

세 명의 내야수들이 모두 트레이드 카드로 활용한 상황.

부상 등의 돌발 변수가 발생할 경우를 대비하기 위해서라도 닐 워커를 팀에 남겨둬야 한다는 것이 조 매팅리 감독의 주장이었다.

"그리고 닐 워커는 대타자로 활용할 겁니다."

'나쁘지 않아.'

조 매팅리 감독이 구상한 청사진에 대해 듣고 난 후, 잭 대니얼스가 떠올린 생각이었다.

〈마이애미 말린스 예상 선발 라인업〉

1. 브라이언 마일스.
2. 피터 알론소.
3. 폴 잭슨.
4. 박건.
5. 커티스 그랜더슨.
6. 브라이언 할리데이.
7. 데릭 로이스 or 앤서니 쉴즈.
8. 제이 콥스.
9. Pitcher.

트레이드가 계획대로 모두 진행된 후, 마이애미 말린스의 예상 선발 라인업을 머릿속으로 떠올렸던 잭 대니얼스가 천천히 고개를 끄덕였다.

1번부터 8번까지.

타선에 포진한 모든 선수들이 도루를 시도해서 성공시킬 수 있는 빠른 선수들로 구성되어 있었기 때문이었다.

"앤서니 쉴즈는 중장거리형 타자입니다. 홈런 개수가 많지 않은 편이지만, 타격의 정확성이 뛰어납니다. 그리고 하나 더, 발이 빠릅니다. 트레이드를 통해서 제이 콥스를 영입한 것, 기동력 야구를 하겠다는 의미가 담겨 있는 것 아닙니까? 앤서니 쉴즈는 그런 마이애미 말린스의 색깔에 부합하는 선수입니다."

머그 컵을 탁자 위에 내려놓은 잭 대니얼스가 박건에게 새삼스러운 시선을 던졌다.

마이애미 말린스의 청사진인 기동력 야구에 대해서 알고 있는 것은 자신과 조 매팅리, 두 사람뿐이었다.

트레이드로 선수 영입을 해서 기동력 야구를 할 수 있는 팀으로 마이애미 말린스를 변모시키기 위해서는 기밀 유지가 중요하다.

이렇게 서로 합의했기 때문에 철저하게 함구하고 있었다.

그런데 박건은 마이애미 말린스가 트레이드 시장에서 떠나보내고 받아들인 선수들의 면면을 통해서 기동력 야구를 목표로 하고 있다는 사실을 간파해 냈다.

'괜히 야구를 잘하는 게 아니군.'

박건은 단순히 야구를 잘하는 게 아니었다.

매 순간, 자신이 해야 할 일을 알고 해내는 느낌이었다.

즉, 야구를 이해하는 능력을 갖추고 있다는 뜻이었다.

'좋은 선수.'

새삼 박건이 좋은 선수라는 사실을 깨달으며 잭 대니얼스가 질문했다.

"조던 픽스의 장점은 무엇인가?"

"땅볼을 유도하는 능력입니다."

"땅볼 유도 능력?"

잭 대니얼스가 스카우팅 리포트를 집어 들어 다시 살폈다.

그렇지만 박건이 언급한 땅볼 유도 능력에 대한 언급은 보이지 않았다.

그래서 의아한 시선을 던졌을 때, 박건이 다시 말했다.

"마이애미 말린스는 수비가 좋은 팀입니다."

'마이애미 말린스가… 수비가 좋은 팀이다?'

그 평가를 속으로 되뇌던 잭 대니얼스의 입가로 미소가 번졌다.

불과 얼마 전까지만 해도 마이애미 말린스는 평균 이하의 수비력을 가진 팀이었다.

그런데 그로부터 얼마 지나지 않은 지금은 상황이 백팔십도 달라져 있었다.

폴 바셋과 브라이언 마일스가 키스톤 콤비를 구축한 후, 마이애미 말린스는 내야 수비가 안정됐다.

또, 박건과 피터 알론소가 좌익수와 우익수를 맡으면서 마이애미 말린스의 외야 수비는 메이저리그 전체를 통틀어서 최상위급 레벨로 올라섰다.

말 그대로 환골탈태 수준으로 수비가 좋아진 상황이었다.

'조던 픽스는 땅볼 유도 능력을 갖고 있는 투수다. 거기에 마이애미 말린스의 수비력이 시너지 효과를 발휘한다면, 기대 이상의 활약을 펼칠 수 있다.'

박건이 하려는 이야기의 요지였다.

툭.

거기까지 생각이 미친 순간, 잭 대니얼스가 손에 들고 있던 스카우팅 리포트를 휴지통에 던져 버린 후 말했다.

"자네의 안목을 한번 믿어보겠네."

제4장

'내가 추천한 덕분에 앤서니 쉴즈와 조던 픽스가 메이저리거
가 됐다?'

잭 대니얼스 단장의 말이 끝난 순간, 박건이 두 눈을 빛냈다.

그러나 그도 잠시, 박건이 고개를 흔들었다.

'내 추천 때문이 아냐.'

좀 더 정확하게 말하면 박건이 마이애미 말린스 소속 선수로
그동안 좋은 활약을 펼쳤기 때문이었다.

박건의 맹활약이 KBO 리그는 메이저리그에 비해 수준이 떨
어진다는 잭 대니얼스 단장의 선입견을 깨부순 셈이었다.

어쨌든 앤서니 쉴즈와 조던 픽스의 영입이 확정된 순간, 박건

은 안도와 부담이란 두 가지 감정을 동시에 느꼈다.

'마이애미 말린스는 두 가지 약점을 일거에 해소했다.'

이것이 박건이 안도한 이유였다.

LA 다저스로 이적한 이안 카스트로의 대체 선수 영입.

필승조 역할을 맡아줄 불펜투수 영입.

마이애미 말린스가 안고 있는 숙제들이었는데, 그 두 가지 숙제를 한꺼번에 해치운 셈이었다.

그리고 박건이 부담을 느낀 이유는 어깨가 더욱 무거워졌기 때문이었다.

조던 픽스, 그리고 앤서니 쉴즈.

이 두 선수가 시작이었다.

박건이 계속 맹활약을 펼친다면 더 많은 메이저리그 구단들이 KBO 리그에서 활약하는 선수들에 관심을 가질 것이었다.

자연스레 KBO 리그에서 활약하던 선수들의 메이저리그 진출도 지금보다 더 많아질 터.

그래서 자신의 활약이 더 중요해진 것이었다.

'잘하자.'

박건이 속으로 각오를 다졌을 때였다.

"이제 올스타전에 대해서 얘길 나눠보세."

잭 대니얼스가 불쑥 올스타전을 언급했다.

'왜 갑자기 올스타전을 언급하는 거지?'

박건이 고개를 갸웃했다.

올스타전에 출전할 선수는 포지션별로 각 3명의 후보를 선정한 후 팬들의 투표로 결정됐다.

그동안 인상적인 활약을 펼친 덕분일까.

박건도 내셔널리그 좌익수 부문 후보에 선정되기는 했다.

그렇지만 박건은 일찌감치 올스타전 출전에 대한 기대를 접었다.

팬들의 투표를 중간 집계한 결과, 박건은 내셔널리그 좌익수 부문 세 명의 후보 가운데 3위였다. 그리고 역전의 가능성은 낮았다.

내셔널리그 좌익수 부문 1위를 달리고 있는 선수와 격차가 워낙 크게 벌어진 후였기 때문이었다.

'그 사실을 모르지는 않을 텐데.'

잭 대니얼스 단장 역시 팬 투표 결과를 알고 있을 거라 확신한 박건이 의아한 시선을 던지고 있을 때였다.

"나도 자네에게 투표했네."

"감사합니다."

"그런데 내 표는 사표가 될 가능성이 높더군."

"아직 많이 부족합니다."

박건이 솔직하게 대답한 순간, 잭 대니얼스 단장이 고개를 내저었다.

"내 생각은 다르네. 자네는 올스타에 뽑혀도 손색이 없을 정도로 그동안 좋은 활약을 펼쳤네. 다만 팬층이 두껍지 않은 우리 팀 소속이라는 것, 그리고 미국인이 아니라는 것이 투표 결과에 영향을 미쳤을 뿐이지. 그래서 내가 곰곰이 생각해 봤는데… 자넬 올스타전에 출전시키기로 결심했네."

잭 대니얼스 단장이 꺼낸 이야기를 들은 박건이 당황한 표정을 지었다.

'어떻게?'

올스타전에 출전할 야수는 팬 투표로만 결정됐다. 그리고 자신은 팬 투표에서 가장 적은 득표를 얻고 있었다.

즉, 박건이 올스타전에 출전할 방법은 없는 것이었다.

그런데 잭 대니얼스 단장이 자신을 올스타전에 출전시키겠다고 선언하니 어찌 당황하지 않을 수 있을까.

그때, 잭 대니얼스가 덧붙였다.

"자네도 알겠지만 투수와 교체 야수는 메이저리그 사무국에서 선정하지. 그리고 메이저리그 사무국은 최대한 많은 팀의 선수들이 올스타전에 출전할 수 있도록 배려하는 편이네. 그래서 우리 팀에도 기회가 돌아올 텐데 내가 자넬 추천하려고 하네."

*   *   *

"우리 팀에서 뛰어주시오."

남자가 꺼낸 말을 통역이 전달했다. 그러나 조던 픽스는 남자의 이야기가 제대로 들리지 않았다.

'왜지?'

머릿속에서 계속 의문이 떠나지 않아서였다.

10승 5패, 평균 자책점 3.16.

청우 로얄스 소속 선수로 KBO 리그에서 활약했던 조던 픽스가 올 시즌에 거둔 성적이었다.

이미 두 자릿수 승수를 거뒀고, 3점대 초반의 평균 자책점을 기록했으니 분명히 부진했던 것은 아니었다.

물론 청우 로얄스가 통합 우승을 차지했던 지난 시즌에 비해서는 조금 부진했던 것이 사실이었지만, 방출 통보를 받을 정도로 부진했던 것은 결코 아니었다.

그래서 시즌 도중에 송이현 단장에게서 방출 통보를 받았을 당시 충격이 컸다. 그리고 지금까지도 자신이 왜 방출당했는가에 대한 의문은 풀리지 않은 상태였다.

"왜 대답이 없는 겁니까."

"……."

"조던, 조던!"

남자와 동행한 통역이 자신의 이름을 연신 부르고 나서야, 조던 픽스는 비로소 상념에서 깨어났다.

"아까 뭐라고 했소?"

"잔여 시즌 동안 우리 팀에서 뛰어달라고 부탁했습니다."

'중앙 드래곤즈라.'

조던 픽스가 오렌지 주스가 담긴 잔을 들어 올리며 검정색

양복을 입은 남자를 바라보았다.

남자의 이름은 홍동국.

중앙 드래곤즈 프런트에서 일하는 과장이라고 자신을 소개했었다. 그리고 홍동국이 자신과 접촉한 이유는 계약을 맺기 위해서였다.

정규 시즌이 후반기에 접어든 현재, 중앙 드래곤즈의 리그 순위는 4위였다.

가을 야구 진출은 거의 확실시됐고, 한국시리즈 우승을 노리고 있는 중앙 드래곤즈는 플레이오프 직행을 노리고 있었다.

그 목표를 달성하기 위해서 중앙 드래곤즈는 기존의 외국인 투수들 중 한 명인 마크 스튜어트를 내보내고 청우 로얄스에서 방출된 자신을 팀의 새로운 외국인 투수로 영입하려는 것이었다.

'아직 날 필요로 하는 팀이 있군.'

중앙 드래곤즈만이 아니었다.

조던 픽스가 청우 로얄스에서 뛰다가 시즌 도중 방출되자, 한국시리즈 우승을 노리는 심원 패롯스와 우송 선더스에서도 영입 의사를 밝혔었다.

아직 자신의 가치를 인정해 주는 팀들이 있다는 것으로 인해 조던 픽스의 기분이 조금 풀렸다.

그러나 그도 잠시, 조던 픽스가 다시 표정을 딱딱하게 굳혔다.

청우 로얄스에서 두 시즌 동안 **빼어난** 활약을 한 후, 메이저리그에 진출하려 했던 계획이 어그러졌다는 사실은 바뀌지 않았기 때문이었다.

'현실을 받아들여야지.'

잠시 후, 조던 픽스가 짤막한 한숨을 내쉬었다.

아쉬운 마음이 왜 없을까.

하지만 인생이 계획대로 흘러가는 것이 아니라는 사실을 알고 있기에 조던 픽스는 KBO 리그에서 선수 생활을 계속 이어나가기로 결심을 굳혔다. 그리고 자신을 영입하는 것에 관심을 갖고 있는 세 구단 가운데 한 구단을 선택하기로 결심한 조던 픽스의 선택 기준은 돈이었다.

어차피 메이저리그 진출이 어려워진 상황.

한 푼이라도 더 많은 돈을 주는 팀에서 뛰는 것이 최선이었다.

"계약 조건을 알려주시오."

조던 픽스가 길었던 침묵을 깨자, 남자가 서둘러 계약서를 내밀었다.

영문으로 작성된 계약서를 건네받은 조던 픽스가 막 살피기 시작했을 때였다.

지이잉. 지이잉.

휴대전화가 진동했다.

'앤서니 쉴즈?'

액정에 떠올라 있는 발신자를 확인한 조던 픽스가 희미하게 웃으며 통화 버튼을 눌렀다.

"무슨 일로 전화했어?"

수화기 너머로 대답이 돌아왔다.

"삼겹살에 소주, 콜?"

'이제 한국인 다 됐네.'

다짜고짜 삼겹살을 구워 먹자고 제안하는 앤서니 쉴즈로 인해 조던 픽스의 입가로 희미한 미소가 번졌다.

용병 생활은 힘들었다.

언어, 문화, 음식까지 모두 낯설기 때문이었다.

그러다 보니 자연스레 함께 용병으로 뛰고 있던 앤서니 쉴즈와의 사이가 가까워졌다.

게다가 지금은 함께 시즌 중에 청우 로얄스에서 방출되며 동병상련의 아픔을 겪고 있는 상황.

앤서니 쉴즈에게서 걸려온 전화가 무척 반가웠다.

그렇지만 조던 픽스는 공사 정도는 구분할 줄 알았다.

해서 아쉬운 목소리로 대답했다.

"지금은 좀 곤란해."

"무슨 일 때문에 곤란한데?"

"계약 관련해서 얘기를 나누고 있거든."

"계약? 어느 구단인데?"

"중앙 드래곤즈."

"미뤄."

"응?"

"계약 미루라고."

"하지만……."

"조던에게 관심을 갖고 있는 구단이 있어. 일단 그쪽과 접촉해 봐."

"내게 관심을 갖고 있는 구단이 있다?"

"그래."

"어느 구단이지?"

"그건 만나서 얘기해 줄게."

"오케이. 콜!"

망설임 없이 '콜'을 외친 조던 픽스가 통화를 마친 후 입을 뗐다.

"계약서는 검토해 보고 다시 연락드리겠소. 오늘 이야기는 여기까지만 합시다."

"신중하게 검토하고 긍정적인 답변이 돌아오길 기다리고 있겠습니다."

홍동국과 악수하며 인사를 나눈 후 조던 픽스는 바로 택시에 올라탔다.

앤서니 쉴즈가 보고 싶기도 했지만, 그가 아까 통화 중에 언급했던 자신에게 관심을 갖고 있는 구단이 어느 구단인지 궁금했기 때문이었다.

잠시 후, 약속 장소인 홍대의 고깃집으로 들어서자, 앤서니 쉴즈가 미리 도착해서 삼겹살을 굽고 있는 것이 보였다.

　능숙하게 삼겹살을 굽는 앤서니 쉴즈의 앞으로 조던 픽스가 다가갔다.

　"어, 왔어? 앉아."

　조던 픽스가 맞은편 의자에 앉은 순간, 앤서니 쉴즈가 하얀 이가 드러나게 웃으며 생색을 냈다.

　"영광인 줄 알아."

　"무슨 소리야?"

　"메이저리거가 직접 구워주는 삼겹살을 먹게 되는 거니까."

　"메이저리거?"

　"그래."

　"영광 표시는 뒤로 미루지. 십 년 후에나 메이저리거가 될 테니까. 아니, 어쩌면 영원히 안 될 수도 있고."

　조던 픽스가 코웃음을 쳤지만, 앤서니 쉴즈는 마주 웃지 않았다.

　"농담 아냐."

　"응?"

　"곧 메이저리거가 될 테니까."

　"누가? 네가?"

　"그래. 연락이 왔어."

　"누구한테서 연락이 왔단 말이야?"

"메이저리그 구단에서 연락이 왔어. 올 시즌 중에 영입할 테니까 몸 관리를 잘하고 있으라고. 그래서 내가 지금 좋아하는 소주 대신 탄산음료를 마시고 있는 거고."

조던 픽스가 반신반의하는 표정을 지은 채 탁자 위를 살폈다.

그러고 보니 탁자 위에는 앤서니 쉴즈가 삼겹살과 영혼의 파트너라고 입에 마르게 칭찬했던 소주가 보이지 않았다.

소주 대신 탄산음료가 올려져 있었다.

그때였다.

"못 믿겠다는 표정이군."

"그게 워낙 갑작스러워서⋯⋯."

"조던도 함께 갈 거야."

"응?"

"조던도 영입하고 싶다는 의사를 밝혔거든."

"그게 진짜야?"

"그렇다니까. 아, 마침 연락이 왔네."

드르륵. 드르륵.

탁자 위에 올려놓은 휴대전화가 진동하는 것을 확인한 앤서니 쉴즈가 반갑게 웃으며 통화를 시작했다.

"지금 조던과 함께 있어. 어디냐고? 삼겹살 굽고 있어. 소주? 안 마셔. 탄산음료 마시고 있어. 진짜 탄산음료 마시고 있다니까. 그래. 좀 믿고 살자. 그나저나 조던이 내 말을 믿는 기색이 아니야. 어쩌지? 오케이."

앤서니 쉴즈가 통화 도중에 불쑥 휴대전화를 내밀었다.

"받아."

"누군데?"

"조던도 잘 아는 친구."

"……?"

"크레이지 건이야."

'크레이지 건?'

얼마 지나지 않아 조던 픽스는 '크레이지 건'이 마이애미 말
린스에서 뛰고 있는 박건의 애칭이란 사실을 깨달았다.

"박건과 통화한 거야?"

"맞아. 그리고 박건이 할 말이 있으니까 조던을 바꾸래."

앤서니 쉴즈에게서 휴대전화를 건네받은 조던 픽스가 통화
를 시작했다.

"박건, 맞아?"

"조던, 오래간만이야."

"메이저리그에서 좋은 활약을 펼치는 것 잘 지켜보고 있어."

"나도 소식 들었어."

"무슨 소식?"

"실직자가 됐다는 소식."

조던 픽스가 쓴웃음을 머금었을 때, 박건이 다시 말했다.

"계속 놀 거야?"

"응?"

"놀지 말고 날 좀 도와줘."

"그게… 무슨 뜻이지?"

"미국 건너와서 날 좀 도와달라고."

"…마이애미 말린스에서 뛰라는 건가?"

"왜? 싫어?"

"아니, 싫다는 뜻이 아니라……."

"앤서니와 같이 미국으로 건너와서 날 좀 도와줬으면 좋겠어."

두근.

조던 픽스의 심장이 거세게 뛰기 시작했다.

메이저리그로 복귀하는 것.

조던 픽스의 오랜 목표였다.

그 목표를 달성하기 위해서 조던 픽스는 KBO 리그를 경유지로 선택했다.

KBO 리그에서 최고의 활약을 펼친 후, 메이저리그로 복귀하는 것이 현실적으로 최선의 방법이라 판단했기 때문이었다.

그동안 목표를 이루기 위해서 열심히 노력했다.

그런데 시즌 도중에 청우 로얄스에서 방출되는 변수가 발생했다.

그로 인해 계획이 어그러진 순간, 조던 픽스는 크게 낙담했다.

자신의 나이를 감안하면 다시 원점에서 시작해서 메이저리그로 복귀하는 것이 현실적으로 어렵지 않을까 하는 생각이 들어서였다.

'KBO 리그를 포함해서 각국의 여러 리그를 용병으로 전전하다 야구 인생이 끝날 가능성이 높다.'

물론 용병으로 뛰는 것이 꼭 나쁜 것만은 아니었다.

대우도 좋은 편이었고, 보수도 마이너리거일 때보다 더 많았으니까.

하지만 조던 픽스의 꿈은 어디까지나 메이저리그 복귀였기에 낙담하지 않을 수 없었다.

또, 메이저리그에 복귀하는 꿈을 거의 접은 상태였는데.

그런데 전혀 예상치 못했던 순간에, 꿈에 그리던 기회가 불쑥 찾아와 있었다.

"진짜 싫은가 보네."

조던 픽스의 대답이 늦어지자, 박건이 다시 말했다.

그 이야기를 들은 조던 픽스가 황급히 입을 뗐다.

"대답을 꺼내기 전에 하나 묻고 싶은 게 있어."

"뭐지?"

"왜 하필 내게 도와달라고 부탁하는 거지?"

"실력이 있으니까."

"……."

"청우 로얄스의 에이스였잖아. 조던 픽스라면 메이저리그에서도 충분히 통할 수 있다는 확신이 있어서 부탁하는 거야."

두근두근.

조던 픽스의 가슴이 더욱 거세게 뛰기 시작했다.

마음 같아서는 당장에라도 그렇게 하겠다고 대답하고 싶었다.

그러나 조던 픽스는 그 마음을 필사적으로 참으며 다시 질문을 던졌다.

"하나만 더."

"또 뭐지?"

"앤서니에게도 도와 달라고 부탁했어?"

"맞아."

"부탁한 이유는?"

"심심해서."

"응?"

"친구가 별로 없어서 심심하거든. 앤서니와 함께라면 덜 심심할 것 같아서 말이지. 그리고… 아주 조금은 도움이 될 것 같기도 하고."

"만약 동급으로 취급받았다면 거절하려고 했어."

"그러니까… 도와준다는 뜻이지?"

조던 픽스가 아까부터 꺼내고 싶었던 대답을 마침내 꺼냈다.

"기꺼이."

"응?"

"기꺼이 도와주지."

*　　　　*　　　　*

19번.

라커에 적혀 있는 선수의 등 번호를 브라이언 할리데이가 못마땅한 표정으로 바라보았다.

불과 얼마 전까지 저 라커에 적혀 있는 숫자는 22였다.

이안 카스트로의 등 번호.

그런데 이안 카스트로가 트레이드로 LA 다저스로 이적한 후, 그가 사용하던 라커의 주인이 박건으로 바뀐 것이었다.

"뭐 해?"

브라이언 할리데이가 19번이라 적혀 있는 라커를 노려보고 있을 때, 마침 커티스 그랜더슨이 라커 룸 안으로 들어왔다.

"좀 심하다는 생각이 들어서 말이지."

"뭐가 심하단 거야?"

"박건에게 저 라커를 사용하게 하는 것 말이야."

브라이언 할리데이가 기존에 이안 카스트로가 사용하던 라커를 턱짓으로 가리키며 덧붙였다.

"박건은 메이저리그에서 보내는 첫 시즌이야. 게다가 시즌 중에 마이애미 말린스로 이적했지. 그런데 이안 카스트로가 사용하던 통로 측 라커를 사용하게 하는 것, 아무리 생각해 봐도 너무 과한 대우야. 그렇게 생각하지 않아?"

커티스 그랜더슨 역시 자신과 마찬가지로 마이애미 말린스에서 오랫동안 활약해 온 고참 선수.

게다가 커티스 그랜더슨도 이안 카스트로와 친분이 두터웠던 편이었다.

해서 커티스 그랜더슨 역시 현 상황에 자신처럼 불만을 가진 채 분노를 쏟아낼 거라 기대했는데…….

"나도 우려하고 있어."

'역시.'

자신과 의견이 같다는 의사를 피력했던 커티스 그랜더슨이 덧붙였다.

"팀의 위계질서가 무너질 수 있는 일이니까."

"내 말이 바로 그거야."

"그런데… 이번 경우는 달라."

"뭐가 다르다는 거지?"

"팀의 위계질서가 무너질 일이 아니란 뜻이야."

브라이언 할리데이가 슬쩍 눈살을 찌푸렸다.

커티스 그랜더슨 역시 자신과 같은 의견이라고 판단했었는데, 오판이었다.

또, 커티스 그랜더슨은 자신처럼 작금의 상황에 분노하지 않았다.

담담한 목소리로 본인의 의견을 개진하고 있었다.

"왜 이번 사태가 팀의 위계질서가 무너질 일이 아니라는 거야?"

"잘하니까."

"……?"

"박건 말이야. 야구를 잘하잖아."

"하지만……."

"야구를 잘하는 선수가 대우를 받는 게 당연한 일이잖아. 현재 우리 팀에서 가장 야구를 잘하는 게 누구지?"

'인정하고 싶지 않지만… 박건이지.'

이 질문에 대한 답은 브라이언 할리데이도 잘 알고 있었다.

그렇지만 그 대답을 자신의 입으로 꺼내고 싶지 않았다.

해서 브라이언 할리데이가 입을 꾹 다물고 있자, 커티스 그랜더슨이 라커 문을 열면서 덧붙였다.

"우리가 프로 선수란 걸 잊지 마."

"무슨… 뜻이야?"

"정치 말고 야구에 집중하자고."

*   *   *

마이애미 말린스와 필라델피아 필리스의 3연전.

더스틴 메이 VS 닉 파베타.

1차전은 양 팀의 5선발 간의 맞대결이었다.

'연패를 끊어야 해.'

애틀랜타 브레이브스에게 시리즈 스윕을 당하면서 마이애미 말린스는 연패에 빠졌다.

올스타 브레이크를 앞두고 있는 시점인 만큼, 마이애미 말린스 입장에서는 분위기 반전이 꼭 필요했다.

'최상의 상황은 6연승을 거두면서 올스타 브레이크 전에 탈 꼴찌를 하는 거야.'

박건이 내심 바라 마지않는 시나리오였다.

그렇지만 상대가 만만치 않았다.

지구 3위인 필라델피아 필리스에 이어서 지구 2위인 워싱턴 내셔널스를 잇따라 만나기 때문이었다.

"우승을 하고 싶네. 자네가 우리 팀의 구심점 역할을 맡아주게."

잭 대니얼스 단장이 했던 당부의 말이 떠오른 순간, 박건이 두 눈을 빛냈다.

필라델피아 필리스와 워싱턴 내셔널스가 강팀이긴 하지만, 지구 우승을 차지하기 위해서는 결국 두 팀을 넘어서야 했 다.

라커 위치가 바뀌었기 때문일까.

박건의 책임감도 더 커졌다.

'지구 우승을 차지하려면… 더 패가 쌓이면 곤란해.'

현재 마이애미 말린스는 지구 최하위.

지구 우승을 차지하기 위해서는 한 경기, 한 경기가 모두 중요했다.

'제이 쿱스가 컨디션 난조로 출전하지 못하는 것, 그리고 로버트 수아레즈의 구속이 아직 올라오기 전이라는 게 문제야.'

잠시 후, 박건이 한숨을 내쉬었다.

연쇄 트레이드를 통해서 마이애미 말린스는 새로운 선수들을 영입했다.

그렇지만 새로운 선수들을 영입한 효과는 아직 나타나지 않는 상태였다.

'전력 상승 요인이 없어.'

그로 인해 박건이 답답한 표정을 짓고 있을 때, 주심이 경기 시작을 선언했다.

"플레이볼!"

           *   *   *

1회 초 필라델피아 필리스의 공격.

더스틴 메이는 리드오프 진 세구라를 상대로 3볼 1스트라이크의 불리한 볼카운트에 몰렸다.

이어진 5구째.

슈아악.

"볼!"

더스틴 메이의 선택은 몸 쪽 직구였다.

그러나 너무 높은 코스에 형성된 탓에 볼이 선언됐다.

사사구를 얻은 진 세구라가 배트를 내려놓고 1루로 걸어 나가는 모습을 지켜보던 박건이 고개를 돌렸다.

98마일.

전광판에 찍혀 있는 더스틴 메이의 직구 구속이었다.

'구속은 빨라.'

더스틴 메이의 최대 장점은 빠른 구속이었다.

평균 구속 98마일에 육박하는 직구는 위력이 있었다. 그리고 제구도 괜찮은 편이라는 평가를 받았다.

그러나 오늘 경기에서는 제구가 뜻대로 되지 않았다.

전반적으로 공이 높게 형성되고 있었다.

'긴장했어.'

박건은 더스틴 메이가 제구에 어려움을 겪는 이유를 곧 간파했다.

트레이드를 통해 LA 다저스에서 마이애미 말린스로 이적한후, 더스틴 메이는 오늘 경기가 첫 등판이었다.

마이애미 말린스 홈 팬들 앞에서 첫 선을 보이는 자리.

자신을 영입한 것이 잘못된 결정이 아니었다는 사실을 마운드에서 보여주고 싶은 것이었다.

그래서 더 잘 던지고 싶은 욕심이 생기다 보니 몸에 힘이 들어가면서 공이 높게 형성되는 것이었고.

"아직 어려."

이용운의 이야기를 들은 박건이 고개를 끄덕였다.

더스틴 메이는 메이저리그에 콜업 된 후 몇 차례 마운드에 서긴 했지만, 아직 신인급 선수였다.

긴장감과 부담감을 이겨낼 정도로 충분한 경험이 쌓이기 전이었다.

"저 자식은 어디에 정신이 팔린 거야?"

그때, 이용운이 못마땅한 목소리로 말했다.

"누구 말입니까?"

"누구긴 누구야. 브라이언 할리데이지."

"……?"

"신인 투수가 제구가 안 되면 포수가 빨리 간파하고 마운드를 방문해서 안정을 시켜야 할 것 아냐? 명색이 고참급 포수라는 놈이 대체 어디에 정신이 팔려 있기에 가만히 앉아 있는 거야?"

이용운의 독설은 메이저리거도 가리지 않았다. 그리고 박건도 그 독설에 수긍했다.

지금은 브라이언 할리데이가 한 차례 흐름을 끊어줘야 할 타이밍이었다.

그렇지만 브라이언 할리데이는 마운드를 방문하지 않고 수수방관하고 있었다.

그리고 브라이언 할리데이가 수수방관한 사이, 더스틴 메이가 2번 타자 디디 그레고리우스를 상대로 초구를 던졌다.

슈아악.

따악.

경쾌한 타격음과 함께 타구는 중견수 앞에 떨어지는 중전안타가 됐다.

'가운데로 몰렸어.'

97마일.

더스틴 메이의 직구 구속은 여전히 90마일대 후반이었다. 그렇지만 가운데로 몰리자 디디 그레고리우스는 놓치지 않고 제대로 받아쳤다.

'실투, 단타로 끝난 게 오히려 다행이야.'

박건이 속으로 생각하며 브라이언 할리데이를 살폈다.

무사 1, 2루로 상황이 바뀌었음에도 불구하고, 브라이언 할리데이는 마운드를 방문하지 않았다.

"기대를 접어라. 정신이 아예 딴 데 팔려 있으니까."

"하지만……."

"오히려 전화위복의 기회가 될 수도 있다."

"전화위복… 요?"

"스스로의 힘으로 이 고비를 넘기면 더스틴 메이는 지금보다 한 단계 더 성장할 수 있을 테니까."

틀린 말은 아니었다.

그럼에도 불구하고 박건이 우려하는 것은 반대의 경우였다.

'와르르 무너진다면?'

더스틴 메이는 한 단계 더 성장하긴커녕 오히려 자신감을 잃어버리게 될 터였기 때문이었다.

해서 박건이 우려 섞인 시선을 던지고 있을 때, 타석으로 필라델피아 필리스의 3번 타자인 로크 홉킨스가 들어섰다.

슈아악.

더스틴 메이가 선택한 초구는 바깥쪽 직구.

그러나 이번에도 제구가 문제였다.

브라이언 할리데이는 바깥쪽 낮은 코스에 미트를 갖다 대고 있었지만, 더스틴 메이의 손을 떠난 공은 가운데로 몰렸다.

따악.

그리고 로크 홉킨스는 더스틴 메이의 실투를 놓치지 않았다.

'빠졌다.'

좌전 안타가 될 거라 판단한 박건이 2루 주자가 홈으로 파고드는 것을 막기 위해서 앞으로 대시할 때였다.

'공이… 사라졌다?'

갑자기 타구가 사라졌다. 그리고 사라진 타구는 몸을 던져 슬라이딩 캐치를 시도했던 폴 바셋의 글러브 속으로 빨려 들어가 있었다.

엄청난 호수비.

유일하게 아쉬운 점은 2루 주자와 1루 주자가 기민하게 반응하며 귀루했던 터라 더블 아웃을 시키지 못한 점이었다.

더스틴 메이가 명품 수비를 펼친 유격수 폴 바셋에게 박수를 보냈다. 그리고 폴 바셋은 공을 돌려주기 위해서 마운드 쪽으로 걸어갔다.

"수비를 믿어라."

"……?"

"최고의 야수들이 네 등 뒤에 서 있으니 편하게 던져라. 폴 바셋은 더스틴 메이에게 이렇게 말했을 것이다."

비로소 이용운의 말뜻을 이해한 박건이 쓴웃음을 머금었다.

원래라면 브라이언 할리데이가 했어야 할 역할.

그런데 폴 바셋이 대신 한 셈이었기 때문이었다.

잠시 후 박건이 두 눈을 빛내며 혼잣말을 꺼냈다.

"전력 상승 요인이 있긴 있었어."

*   *   *

승패를 가르는 순간.

흔히 승부처라 불리는 순간이 다가와 있었다.

5회 말에 찾아온 무사 1, 2루의 득점 찬스.

"지금이 승부처다."

이용운이 어김없이 지금 이 순간이 승부처임을 알려준다.

예전에는 이용운이 알려주기 전까지는 승부처란 사실조차

몰랐는데.

이제는 다르다.

경기의 승부처가 다가온 순간 몸이 먼저 반응한다.

'내가 해결해야 한다.'

책임감은 커졌지만, 두려움은 없다.

스스로에 대한 확신이 있기 때문이다.

투수와 타자.

부담이 더 큰 쪽은 투수다.

부담은 투수의 몸에 힘이 들어가게 만든다. 그리고 실투가
나오게 만든다.

슈악.

그래서일까.

닉 파베타가 던진 슬라이더는 가운데로 몰렸다.

명백한 실투.

따악.

박건이 실투를 놓치지 않고 받아쳤다.

외야 펜스를 훌쩍 넘기는 타구를 확인한 박건이 오늘 경기
승리를 확신하며 주먹을 불끈 움켜쥐었다.

최종 스코어 3—0.

0의 균형을 깨뜨리는 석 점 홈런을 터뜨릴 당시 박건이 했던
예상이 적중했다.

마이애미 말린스는 필라델피아 필리스와의 시리즈 1차전에서 승리하면서 연패를 끊어내는 데 성공했다.

수훈 선수는 더스틴 메이.

결승 석 점 홈런을 때려냈음에도 불구하고 수훈 선수로 뽑히지 못했지만, 박건은 전혀 아쉽지 않았다.

더스틴 메이가 수훈 선수로 뽑혀도 손색이 없을 정도로 빼어난 피칭을 선보였기 때문이었다.

8이닝 무실점.

폴 바셋의 호수비 덕분에 1회 초에 찾아왔던 실점 위기를 넘긴 더스틴 메이는 그 후 완전히 다른 투수로 변했다.

삼진을 아홉 개나 빼앗아내며 필라델피아 필리스 타선을 압도했다.

'에이스를 얻었어.'

현재 마이애미 말린스의 1선발을 맡고 있는 것은 샌디 알칸트라.

더스틴 메이는 샌디 알칸트라와 함께 원투펀치를 구축할 수 있는 가능성을 오늘 경기에서 선보였다.

'5선발이 아니라 2선발을 얻은 셈이야.'

수훈 선수 인터뷰를 하고 있는 더스틴 메이를 바라보던 박건의 입가로 희미한 미소가 번졌다.

더스틴 메이는 마이애미 말린스의 첫 번째 전력 상승 요인.

그리고 마이애미 말린스에는 또 하나의 전력 상승 요인이 있었다.

바로 베스트 라인업이 가동되기 시작했다는 점이었다.

제5장

샌디 알칸트라 VS 제이크 아리에타.

양 팀 1선발들의 맞대결이 펼쳐진 시리즈 2차전은 팽팽한 투수전 양상으로 흘러갔다.

0-0.

0의 균형이 이어지는 가운데 먼저 득점 찬스를 잡은 것은 필라델피아 필리스였다.

7회 초 필라델피아 필리스 공격의 선두타자는 투수 제이크 아리에타.

방심한 걸까.

샌디 알칸트라의 직구는 가운데로 몰렸고, 제이크 아리에타는 가볍게 받아쳐서 중전안타를 때려냈다.

'희귀한 장면.'

제이크 아리에타는 내셔널리그에서 활약하는 선발투수들 중에서도 타격이 좋은 편이 아니었다.

한 시즌을 치르는 동안 평균 한두 개 정도의 안타만 때려냈다.

그런 그가 오늘 경기에서 샌디 알칸트라를 상대로 안타를 때려낸 것.

분명 보기 힘든 희귀한 장면이었다.

하지만 박건은 희귀한 장면을 목격한 것에 기뻐할 수 없었다.

투수인 제이크 아리에타에게 안타를 빼앗긴 것이 분한 걸까.

경기 내내 냉철함을 유지하고 있던 샌디 알칸트라는 얼굴이 벌겋게 달아오른 채 자책하고 있었다.

'위험해.'

그 실수를 만회하기 위해서 샌디 알칸트라가 힘차게 공을 뿌린 순간이었다.

슈아악.

틱. 데구르르.

진 세구라가 기습 번트를 감행했다.

'3루수가 처리하기에는 늦어. 투수가 처리해야 해.'

박건이 타구 판단을 했을 때, 샌디 알칸트라가 번트 타구를 향해 달려들었다. 그러나 너무 서둘렀던 탓에 그는 한 번에 공을 잡지 못하고 더듬었다.

발 빠른 타자 주자 진 세구라를 1루에서 잡아내기에는 늦은 상황.

1루 송구는 무의미하다고 판단했던 박건이 눈살을 찌푸렸다.

포수인 브라이언 할리데이가 1루 쪽으로 팔을 뻗고 있는 것을 확인했기 때문이었다.

'한참 늦었어.'

브라이언 할리데이는 상황을 오판하고 있었고, 타구 수비에 집중하느라 타자 주자의 상황을 파악할 수 없었던 샌디 알칸트라는 그 지시를 따라서 1루로 송구했다. 그리고 1루 송구는 최악의 결과로 이어졌다.

1루수 데릭 로이스가 잡을 수 없는 방향으로 송구가 향했기 때문이었다.

타닷.

타다닷.

송구가 뒤로 빠진 사이, 2루에 도착했던 제이크 아리에타와 타자 주자 진 세구라가 다시 뛰기 시작했다.

불행 중 다행인 점은 우익수 피터 알론소의 백업이 빨랐다는 것이었다.

덕분에 제이크 아리에타가 홈으로 파고드는 것까지는 막아낼 수 있었다.

"한심하네."

일련의 과정을 지켜본 박건이 부지불식간에 혼잣말을 꺼냈다.

시리즈 1차전에서 브라이언 할리데이는 선발투수인 더스틴 메이가 경기 초반 제구 난조를 겪을 때, 마운드를 방문해서 흐름을 끊는 역할을 하지 못했다.

그리고 시리즈 2차전인 오늘 경기에서도 브라이언 할리데이는 샌디 알칸트라의 악송구를 유발한 큰 실수를 범했다.

"아예 정신 줄을 놨다니까."

이용운의 평가가 옳았다.

브라이언 할리데이는 경기에 전혀 집중하지 못하고 있었다. 그리고 팀의 중심을 잡아줘야 하는 역할을 맡고 있는 포수 브라이언 할리데이가 흔들리자, 마이애미 말린스도 휘청이고 있었다.

'여기서 실점하면… 어렵다.'

제이크 아리에타는 필라델피아 필리스의 에이스답게 좋은 투구를 펼치고 있었다.

만약 7회 초에 선제 실점을 한다면, 경기의 흐름이 완전히 넘어가는 만큼 역전을 만들어내는 것이 어려울 가능성이 높았다.

'막아라. 제발 막아라.'

해서 박건이 팀의 에이스인 샌디 알칸트라가 집중력을 발휘하면서 실점 위기를 스스로의 힘으로 극복해 내길 바랐는데.

슈악.

따악.

경쾌한 타격음이 들린 순간, 박건은 자신의 바람이 무위로 돌아갔음을 깨달았다.

최근 타격감이 상승세인 디디 그레고리우스는 샌디 알칸트라가 3구째로 구사한 슬라이더를 힘껏 잡아당겼다.

'빠졌다!'

디디 그레고리우스의 타구가 우중간을 꿰뚫는 장타가 됐다고 판단했을 때였다.

타다닷.

전력 질주한 피터 알론소가 슬라이딩 캐치를 시도했다.

'잡았다!'

타구가 그라운드에 닿기 직전 피터 알론소가 내민 글러브 속으로 빨려 들어갔다. 그리고 슬라이딩 캐치에 성공하자마자 피터 알론소는 후속 동작에 돌입했다.

퉁기듯이 벌떡 일어난 피터 알론소가 홈으로 송구했다.

타다닷.

쉬이익.

태그업을 시도한 3루 주자가 홈으로 파고든 것과 피터 알론소의 홈송구가 포수의 미트에 도착한 것은 거의 동시였다.

'늦었다.'

홈에서 펼쳐지고 있는 박빙 승부를 지켜보던 박건이 안타까운 표정을 지었을 때였다.

"아웃."

주심이 단호하게 아웃을 선언했다.

"행운이… 따랐다."

그제야 박건이 안도의 한숨을 내쉬었다.

일반적인 경우였다면, 분명히 세이프 타이밍이었다.

그렇지만 이번 홈승부에는 한 가지 변수가 존재했다.

바로 3루 주자가 제이크 아리에타였다는 점이었다.

투수인 제이크 아리에타는 주루플레이가 능한 편이 아니었다.

그가 3루 주자로 나간 후 태그업을 시도해서 홈승부를 펼치는 것.

타석에서 안타를 때려내는 것보다 훨씬 더 희귀한 장면이었다.

그래서일까.

제이크 아리에타는 태그업을 시도할 때 스타트를 끊는 타이밍이 살짝 늦었고, 슬라이딩도 어설펐다.

이것이 제이크 아리에타가 홈승부 끝에 아웃이 된 이유.

하필 제이크 아리에타가 3루 주자였다는 것이 필라델피아 필리스 입장에서는 불운이었고, 마이애미 말린스 입장에서는 행운이었던 셈이었다.

피터 알론소의 멋진 호수비 덕분에 무사 2, 3루의 실점 위기를 넘기고, 2사 3루로 상황이 바뀌어 있었다. 그리고 샌디 알칸트라 또한 빠르게 냉정을 되찾았다.

슈아악.

"스트라이크아웃."

풀카운트 승부 끝에 타자의 의료를 찌르는 몸 쪽 꽉 찬 직구를 던져서 4번 타자 브라이언 하퍼를 루킹삼진으로 돌려세우며 이닝을 마무리했다.

*　　　　　*　　　　　*

위기 뒤의 기회라는 야구계 격언처럼 마이애미 말린스는 7회 말에 득점 찬스를 잡는 데 성공했다.

7회 초에 주자로 나서서 전력 질주를 하며 홈승부를 했던 여파 때문일까.

제이크 아리에타는 7회 말의 선두타자인 피터 알론소에게 사사구를 허용했다.

무사 1루 상황에서 타석에 들어선 폴 바셋은 제이크 아리에타를 상대로 8구까지 이어지는 끈질긴 승부를 펼쳤다.

그리고 9구째.

슈악.

제이크 아리에타는 바깥쪽 스트라이크존에 걸치는 슬라이더를 구사했다.

'당했다.'

폴 바셋이 배트를 내밀지 못하고 지켜보는 것을 대기타석에서 지켜보던 박건은 꼼짝없이 당했다고 판단했다.

"볼넷."

그러나 주심은 스트라이크가 아닌 볼 판정을 내렸다.

"Why?"

제이크 아리에타가 주심의 볼 판정에 불만을 드러냈다.

그렇지만 주심의 볼 판정은 바뀌지 않았다. 그리고 제이크 아리에타가 두 타자 연속으로 사사구를 허용하자, 투수 코치가 마운드를 방문했다.

'찬스는 왔다.'

타석을 향해 걸어가던 박건이 크게 심호흡을 했다.

득점 기회를 놓치지 않기 위해서 제이크 아리에타의 피칭 패턴을 분석하며 수 싸움을 마친 박건이 타석에 들어섰다.

'브레이킹볼.'

박건은 제이크 아리에타가 초구로 브레이킹볼 계열을 던질 거라 예측했다.

슈아악.

그러나 이번에는 수 싸움이 빗나갔다.

제이크 아리에타가 초구로 던진 공은 직구.

그것도 박건의 배트가 닿지 못하는 바깥쪽 높은 코스로 들어왔다.

'피치아웃.'

제구가 되지 않은 것이 아니었다.

의도적으로 피치아웃을 한 것이었다.

타닷.

타다닷.

제이크 아리에타가 투구 동작에 돌입한 순간, 2루 주자인 피터 알론소와 1루 주자 폴 바셋은 동시에 스타트를 끊은 상황.

'걸렸다.'

박건의 표정이 굳어졌을 때, 포수가 3루로 송구했다.

"아웃."

피터 알론소는 3루에서 아웃이 선언됐다.

'더블 스틸 작전이 간파당했어.'

고개를 떨군 채 더그아웃으로 돌아가는 피터 알론소를 바라보던 박건이 한숨을 내쉬었다. 그리고 더블 스틸 작전이 실패하며 무사 1, 2루에서 1사 2루로 상황이 바뀐 순간, 많은 것이 달라졌다.

"볼."

"볼."

"볼."

박건이 타석에서 세 개의 공을 그냥 지켜본 후, 배트를 내려놓았다.

선구안을 발휘해서 볼넷을 얻어낸 것이 아니었다.

제이크 아리에타가 박건이 공략하기 힘든 스트라이크존을 크게 벗어난 공을 잇달아 던진 것이었다.

'고의 사구나 다름없어.'

1루가 비어 있는 상황.

마이애미 말린스에서 가장 위협적인 타자가 자신이라고 판단한 필라델피아 필리스의 자니 지라디 감독은 제이크 아리에타에게 승부를 피하라는 지시를 내렸을 것이리라.

루상의 주자가 늘어났음에도 불구하고 더그아웃에 앉아 있는 자니 지라디 감독의 표정이 박건이 타석에 들어섰을 때보다 더 편안해진 것이 증거였다.

'아프지만… 정확한 분석.'

1루에 도착한 박건의 표정도 어두워졌다.

후속 타자인 데릭 로이스와 커티스 그랜더슨이 적시타를 때려내 주는 것이 최상의 시나리오.

그러나 그 최상의 시나리오가 완성될 확률은 낮았다.

슈아악.

딱.

잠시 후 박건의 표정이 더욱 어두워졌다.

타석에 들어선 데릭 로이스는 제이크 아리에타의 몸 쪽 직구를 공략했지만, 배트 상단에 맞은 타구는 멀리 뻗지 못했다.

좌익수가 여유 있게 타구를 잡아내며 아웃 카운트가 하나 더 늘었다.

'역시 우투수에 약해.'

데릭 로이스가 외야플라이로 아웃되면서 2사 1, 2루로 상황이 바뀌고 난 후, 박건의 머릿속이 분주해졌다.

'남은 공격 기회는 8회 말과 9회 말, 8회 말 공격이 7번 타자인 브라이언 할리데이부터 시작이면 내가 타석에 들어설 기회가 한 차례 더 돌아올 수 있을까?'

시선은 제이크 아리에타를 상대하기 위해서 타석에 들어서 있는 커티스 그랜더슨에게 향해 있었지만, 정신은 딴 데 팔려 있었다.

그때였다.

"어!"

이용운이 놀란 음성을 토해냈다.

따악.

그와 동시에 묵직한 타격음이 박건의 귓속으로 파고들었다.

'잘 쳤다.'

정신이 딴 데 팔려 있었기 때문일까.

제이크 아리에타의 초구를 받아친 커티스 그랜더슨의 스윙이 무척 날카로웠다는 사실을 인지하는 데까지는 꽤 시간이 걸렸다.

"뭐 하고 있어?"

"……?"

"빨리 뛰어."

그래서 멍하니 서 있다가 이용운에게 지적까지 받았다.

뒤늦게 2루를 향해 달리기 시작한 박건이 타구의 궤적을 눈으로 쫓았다.

이용운이 타구 상황과 수비 상황 등을 알려줄 것이었지만, 그때까지 기다릴 수가 없었기 때문이었다.

잠시 후, 박건이 달리던 속도를 줄였다.

우중간으로 뻗어나가던 커티스 그랜더슨의 타구가 외야 펜스를 살짝 넘기고 떨어지는 것을 확인했기 때문이었다.

3—0.

기대하지 않았던 커티슨 그랜더슨의 석 점 홈런이 터지면서 마이매이 말린스는 2차전의 승기를 잡는 데 성공했다.

*   *   *

"스트라이크아웃."

브래들리 쿡의 커브가 스트라이크존을 통과했다고 판단한 주심이 삼진을 선언하며 시리즈 3차전이 끝났다.

최종 스코어 6—3.

선발투수 헥터 노에사의 호투를 바탕으로 마이애미 말린스의 타선이 폭발하면서 시리즈 스윕을 거둔 것이었다.

그렇지만 조 매팅리 감독의 표정은 밝지 않았다.

"뒷맛이 개운치 않은 거지."

박건이 더그아웃을 빠져나오는 조 매팅리 감독의 표정을 살피고 있을 때, 이용운이 말했다.

"후배도 마찬가지 아닌가?"

이용운의 질문에 박건이 부정하지 못하고 고개를 끄덕였다.

필라델피아 필리스와의 3연전 시리즈에서 스윕 승을 거둔 덕분에 마이애미 말린스는 지구 4위 뉴욕 메츠와의 격차를 1경기로 줄이는 데 성공했다.

그 결과는 분명히 좋았다.

하지만 결과 못지않게 중요한 것이 과정이었다.

비록 시리즈 스윕을 거두긴 했지만, 마이애미 말린스의 경기 내용은 좋지 않았다.

여러 문제점들을 노출했기 때문이었다.

'우투수에 약한 1루수 데릭 로이스, 상하위 타선의 불균형, 비록 이번 시리즈에서는 드러나지 않았지만 불펜진의 뎁스가 얕다는 약점까지.'

여전히 해결되지 않은 문제들이 필라델피아 필리스와 3연전 시리즈를 치르는 내내 불안 요소로 떠올랐었다.

'다행인 점은 올스타 브레이크 기간이 끝나고 나면 해결될 수 있는 약점들이야.'

앤서니 쉴즈, 그리고 조던 픽스.

두 선수의 영입 협상은 이미 마친 상태.

다만 메디컬 테스트와 취업 비자 문제로 아직 팀에 합류하지 못한 상황이었다.

그러나 올스타 브레이크 기간이 끝나고 두 선수가 팀에 합류한다면 마이애미 말린스는 지금까지 드러난 여러 약점들을 모두 지워버릴 수 있었다.

'앤서니 쉴즈와 데릭 로이스가 플래툰 시스템으로 기용된다면?'

데릭 로이스가 우투수에 약한 반면, 앤서니 쉴즈는 우투수에 강했다.

상대 팀 투수가 우투수일 경우에는 앤서니 쉴즈.

상대 팀 투수가 좌투수일 경우에는 데릭 로이스.

앤서니 쉴즈를 영입한 후, 플래툰 시스템을 가동한다면 데릭 로이스가 우투수에 약하다는 약점을 지울 수 있었다.

그리고 잔부상에서 회복한 제이 콥스가 합류한다면?

또, 제이 콥스와 앤서니 쉴즈를 하위 타순에 배치한다면?

마이애미 말린스는 상하위 타선의 불균형이라는 문제를 해소할 수 있을 가능성이 높았다.

마지막으로 조던 픽스가 합류한 후 KBO 리그에서의 활약상을 메이저리그에서도 이어 나간다면?

불펜진의 뎁스가 얕다는 약점도 어느 정도 지워지리라.

즉, 시간이 해결해 줄 수 있는 문제라는 점이었다.

그럼에도 불구하고 계속 뒷맛이 개운치 않은 이유는……

"브라이언 할리데이 때문이지?"

이용운의 지적은 정확했다.

계속 뒷맛이 개운치 않은 이유는 브라이언 할리데이 때문이었다.

브라이언 할리데이는 단순히 타석에서만 슬럼프를 겪는 것이 아니었다.

경기에 전혀 집중하지 못하며 수비에서도 계속 불안한 모습을 노출하고 있었다.

포수가 안방마님이라 불리는 이유.

수비에서 포수가 차지하는 비중이 무척 크다는 증거였다. 그런데 브라이언 할리데이는 계속 실책성 플레이들을 남발하며 불안한 모습을 노출하고 있엇다.

꼭 언제 터질지 알 수 없는 시한폭탄을 끌어안고 있는 느낌이랄까.

해서 한숨을 내쉰 박건이 입을 뗐다.

"브라이언 할리데이 문제부터 해결해야겠습니다."

"어떻게 해결할 거냐? 무슨 좋은 수가 있느냐?"

이용운의 질문에 박건이 대답했다.

"올스타전 출전을 포기하려고 합니다."

*　　　　*　　　　*

올스타 브레이크를 앞두고 펼쳐진 워싱턴 내셔널스와의 마지막 3연전.

마이애미 말린스는 2승 1패를 거두며 위닝 시리즈를 확보했다.

6연승을 내심 기대했던 박건 입장에서는 조금 아쉬운 결과.

그렇지만 5승 1패를 거두며 올스타 브레이크에 돌입했으니 나름 좋은 결과였다.

"아쉽지 않느냐?"

그때 이용운이 질문했다.

"조금 아쉽긴 하지만 이 정도면 만족합니다."

박건이 솔직하게 대답했다. 그렇지만 이용운이 원했던 답은 아니었다.

"내가 물었던 건 경기 결과가 아니다."

"그럼……?"

"올스타전 출전을 포기한 게 아쉽지 않느냐고 물은 것이었다."

"당연히 아쉽죠."

박건이 이번에도 솔직하게 대답했다.

별들의 축제라 불리는 메이저리그 올스타전에 출전하는 것.

무척 큰 의미가 있었다.

최고의 선수들이 뛰고 있는 메이저리그에서도 최고의 스타 중 한 명으로 인정받는 것이었으니까.

그럼에도 불구하고 박건은 과감하게 올스타전 출전을 포기했다.

"하지만 선택의 여지가 없었습니다."

"왜 선택의 여지가 없었단 거지?"

"브라이언 할리데이를 고쳐 쓸 방법은 이것뿐이니까요."

＊　　　＊　　　＊

"역시 나로군."

브라이언 할리데이가 만족스러운 미소를 지었다.

"우리 팀에서는 자네가 메이저리그 올스타전에 출전하게 됐네."

조 매팅리 감독에게서 통보를 받은 순간, 브라이언 할리데이
는 당연한 결과라고 판단했다.

이안 카스트로가 팀을 떠난 현재.

마이애미 말린스를 상징하는 선수는 오직 자신뿐이라고 판
단했기 때문이었다. 그러나 좋았던 기분은 오래가지 않았다.

자신이 마이애미 말린스 소속 선수들 가운데 유일하게 메이
저리그 올스타전에 출전하게 됐다는 소식이 전해진 순간, 악플
이 달리기 시작했기 때문이었다.

―박건이 아니라 브라이언 할리데이가 메이저리그 올스타전에
출전한다고? 이거 오보 아닌가?

—커티스 그랜더슨도 아니고 브라이언 할리데이?

—브라이언 할리데이가 출전하는 게 올스타전이냐?

—브라이언 할리데이 출전으로 올스타전 의미가 퇴색함.

—인종차별이다.

—나도 미국인이지만 부끄럽다.

'이 새끼들이 대체 뭐라는 거야?'

브라이언 할리데이가 눈살을 찌푸린 채 속으로 생각했다.

이곳에 악플을 단 놈들은 마이애미 말린스의 팬이 아닌 다른 구단 팬들이라고.

또, 야구의 야 자도 모르는 놈들이라고.

스마트폰을 던져 버린 브라이언 할리데이가 골프채를 집어 들고 퍼팅 연습을 시작했을 때였다.

"아빠."

눈에 넣어도 아프지 않은 딸인 캐서린이 쪼르르 달려왔다.

"간식 다 먹었어?"

"응. 오믈렛 먹었어."

"잘했네."

브라이언 할리데이가 딸의 머리를 쓰다듬었을 때였다.

"그런데 아빠는 골프선수야?"

"응?"

"이거 골프잖아."

딸 캐서린의 나이는 고작 네 살.

아직 아빠의 직업이 야구선수라는 것을 몰랐다.

그때였다.

아들인 조셉이 들어와서 캐서린에게 말했다.

"아빠는 골프선수가 아니라 야구선수야."

"야구선수?"

"그것도 엄청 유명한 야구선수였어."

아들 조셉의 나이는 아홉 살.

딸 캐서린과 달리 아들 조셉은 아빠의 직업이 야구선수라는 것을 알고 있었다.

단순히 알고 있는 게 다가 아니었다.

조셉이 학교에게 아빠가 유명한 야구선수라고 자랑하고 다녀서 전교생이 조셉이 자신의 아들이라는 사실을 알고 있을 정도였다.

"거짓말."

그때 캐서린이 말했다.

"거짓말 아니거든. 아빠 야구선수 맞거든."

"아니야. 아빠는 골프선수야."

"골프선수가 아니라 야구선수라니까."

조셉과 캐서린 사이에 오가는 대화를 듣고 있던 브라이언 할리데이가 흥미를 느끼고 끼어들었다.

"캐서린."

"응."

"캐서린은 왜 아빠가 골프선수라고 생각한 거야?"

"골프 연습만 하니까."

"……."

"야구선수라면서 왜 야구 연습은 안 해?"

캐서린이 천진난만한 얼굴로 질문을 던졌다.

그렇지만 브라이언 할리데이는 담담할 수 없었다.

'내가… 그랬었나?'

아이는 거짓을 말하지 않는다.

즉, 자신이 집에서 골프 연습만 했다는 뜻이었다.

'그러고 보니… 집에서 야구 연습을 한 게 언제인지 모르겠군.'

브라이언 할리데이가 언제 마지막으로 집에서 야구 연습을 했는지 기억해 내려다가 도중에 포기했다.

'예전엔 하루도 거르지 않았었는데.'

잠시 후, 브라이언 할리데이가 한숨을 내쉬었다.

저택을 새로 구입하면서 야구 연습을 할 수 있는 시설을 따로 설치했다.

당시에는 쉬는 날에도 집에서 타격 훈련을 했었다.

그런데 어느 순간부터인가 집에서 타격 훈련을 하지 않고, 취미로 배운 골프 퍼팅 연습에 더 몰두했다.

'형편없군.'

딸아이 캐서린 덕분에 그 사실을 뒤늦게 깨달았던 브라이언 할리데이가 이내 표정을 굳혔다.

"그것도 엄청 유명한 야구선수였어."

조금 전에 아들 조셉이 했던 말이 떠올라서였다.
'엄청 유명한 야구선수였다고?'
아까는 무심코 흘려들었다.
그런데 과거형으로 말했다는 사실을 뒤늦게 깨달은 것이었다.
"조셉, 아까 왜 아빠가 유명한 야구선수였다고 말한 거야?"
"요샌 아빠가 야구를 못하니까."
"뭐?"
다른 사람이 비난할 때와 아들이 비난하는 것.
충격의 강도가 달랐다. 그래서 브라이언 할리데이가 멍한 표정을 짓고 있을 때, 조셉이 다시 입을 뗐다.
"요샌 학교에서 아빠 얘기 안 해."
"왜 아빠 얘기를 안 하는데?"
"애들이 싫어해. 아빠 때문에 마이애미 말린스가 진다고."
투수가 백투백홈런을 허용하면 이런 기분일까.
충격이 연거푸 이어진 탓에 브라이언 할리데이의 호흡이 가빠졌을 때였다.

"요샌 애들은 크레이지 건 이야기만 해."

"크레이지 건?"

크레이지 건이 박건의 애칭이라는 사실을 브라이언 할리데이가 모를 리 없었다.

"그래서 아빠한테 부탁이 하나 있어."

"어떤 부탁인데?"

"잠깐만 기다려 봐."

조셉이 대화 도중에 갑자기 어디론가 사라졌다.

잠시 뒤, 다시 돌아온 조셉의 손에는 스케치북과 펜이 들려 있었다.

"받아."

조셉이 내민 스케치북을 엉겁결에 건네받은 후 브라이언 할리데이가 물었다.

"웬 스케치북이야?"

"거기에 크레이지 건 사인 좀 받아줘."

"나한테… 사인을 받아달라고?"

"응, 애들한테 벌써 얘기했단 말이야. 아빠가 크레이지 건이랑 같은 팀에서 뛰는 야구선수라고 하니까 사인 좀 받아달라고 성화야."

예상치 못했던 부탁.

그래서 손에 쥐어져 있는 스케치북을 내려다보던 브라이언 할리데이가 깊은 한숨을 내쉬며 혼잣말을 꺼냈다.

"내가… 그동안 야구를 그렇게 못했나?"

*   *   *

"아쉽네."

배동국이 안타까운 표정을 지었다.

내심 박건이 별들의 축제라 불리는 메이저리그 올스타전에 출전하기를 기대했다.

만약 박건이 메이저리그 올스타전에 출전하면 관련 기사들이 쏟아져 나오면서 화제가 될 터.

게다가 박건이 출전하는 메이저리그 올스타전의 시청률은 대박이 날 것이 분명했기 때문이었다.

하지만 아쉽게도 박건의 올스타전 출전은 무산됐다.

마이애미 말린스에서는 박건을 대신해서 브라이언 할리데이가 올스타전에 출전하게 됐다.

그 소식을 접하자마자 배동국은 분노했다.

"인종차별이야."

타격 성적, 팀 기여도, 화제성 등등.

객관적인 지표로 살펴도 박건이 모든 면에서 브라이언 할리데이를 압도하는 활약을 펼쳤다.

그럼에도 불구하고 박건이 아니라 브라이언 할리데이가 메이저리그 올스타전에 출전하게 된 것은 메이저리그 사무국의 결정.

그리고 그 결정에는 인종차별이 바탕에 깔려 있다는 확신이 들었다.

그로 인해 분노하던 배동국이 이내 흥분을 가라앉혔다.

'나도 이렇게 화가 나는데 박건 선수는 오죽할까?'

문득 이런 생각이 들었기 때문이었다. 그래서 배동국이 위로 전화를 걸기 위해서 시간을 확인한 후 통화 버튼을 눌렀다.

"그동안 잘 지내셨습니까?"

잠시 후 수화기 너머에서 박건의 목소리가 들려왔다.

'걱정했던 것보다는 목소리가 밝네.'

활기찬 박건의 목소리를 확인한 배동국이 조금 안도하며 입을 뗐다.

"저는 박건 선수 덕분에 잘 지내고 있습니다. 그런데 속이 좀 상하네요."

"왜 속이 상하십니까?"

"박건 선수가 이번 메이저리그 올스타전에 출전할 거라는 기대가 컸었거든요."

"그건 제 힘으로 어떻게 할 수 있는 부분이 아니라서요."

"많이 속상하시죠?"

"하하, 괜찮습니다. 그보다 마침 잘 전화해 주셨네요. CP님께 하나 제안 드리고 싶은 게 있었거든요."

"제안요? 어떤 제안인가요?"

"제가 출전하지 않아도 메이저리그 올스타전 중계는 하는 거죠?"

"그야 물론입니다. 별들의 축제를 기다리는 야구팬들이 많거든요."

"다행이네요. 제가 제안드리고 싶은 것은 저도 메이저리그 올스타전 중계에 참여하는 것입니다."

"그게… 무슨 뜻입니까?"

"말 그대로입니다. 특별 해설위원 형식으로 참여해서 메이저리그 올스타전 중계를 하고 싶은데, 가능할까요?"

배동국은 눈이 번쩍 뜨이는 느낌을 받았다.

박건의 메이저리그 올스타전 출전이 무산되면서 올스타전에 대한 국내 팬들의 관심이 식어버린 상황이었다.

그런데 박건이 특별 해설위원으로 메이저리그 중계에 참여한다면?

야구팬들의 관심을 모으기에 충분한 이슈였다.

'오히려 내가 하고 싶었던 부탁이야.'

솔직히 말하면 배동국이 먼저 부탁하고 싶었던 입장이었다.

그렇지만 아직 시즌이 한창 진행 중인 상황.

차마 입이 떨어지지 않아서 부탁을 꺼내지 못했었는데.

박건이 먼저 이런 제안을 해주니, 배동국 입장에서는 마다할 이유가 없었다.

"됩니다. 당연히 됩니다."

행여나 박건의 마음이 변할까 두려워 배동국이 재빨리 대답했다.

"갑자기 드린 제안인데 흔쾌히 수락해 주셔서 감사합니다."

"오히려 제가 감사할 일이죠."

"그럼 세부 일정은 결정되는 대로 알려주시죠."

"알겠습니다."

박건과의 통화를 마친 후, 배동국이 주먹을 불끈 움켜쥐었다.

의도하지 않았는데 호박이 넝쿨째 굴러 들어온 셈이었기 때문이었다.

"보자. 허기원 해설위원과 윤재규 해설위원, 그리고 박건 선수, 아니, 특별 해설위원 박건까지 3인 해설 체제로 진행해야겠구나. 그리고… 이 기회를 살릴 수 있는 더 좋은 방법이 없을까?"

배동국이 고민에 잠겼다.

박건이 메이저리그 올스타전 중계에 특별 해설위원으로 참가하는 것만으로도 대단한 이슈가 될 터.

배동국은 이 기회를 놓치고 싶지 않았다.

그래서 좀 더 성대한 이벤트를 만들 방법을 강구하던 배동국이 두 눈을 빛냈다.

"메이저리그 투나잇 팀을 아예 미국으로 보내자. 거기서 박건의 일상생활과 팀 동료들과의 관계 등을 카메라에 담아서 전달

한다면 팬들의 관심이 더 폭발적일 거야."

*　　　　*　　　　*

"왜 아무 말씀도 없으십니까?"

배동국과의 통화를 마친 후 박건이 이용운에게 물었다.

여전히 이용운이 아무 말도 없자, 박건이 다시 물었다.

"좋으시죠?"

"……."

"별로 내키지 않으시는가 보네요. 그럼 배동국 CP에서 다시 전화해서 취소하겠습니다."

그제야 이용운이 침묵을 깨뜨렸다.

"왜… 이런 제안을 했느냐?"

"그냥 작은 선물이라고 생각하시면 됩니다."

"선물?"

"그동안 선배님께 너무 받기만 했던 것 같아서요."

박건이 배동국에게 이런 제안을 한 이유를 밝혔다.

이용운이 무척 기뻐할 거라고 기대했었는데.

"설마… 이것 때문이었느냐?"

박건의 기대와 달리 이용운의 목소리는 밝지 않았다.

"무슨 말씀이십니까?"

"메이저리그 올스타전 중계에 특별 해설위원으로 합류하기 위해서 올스타전 출전을 포기했던 것이냐?"

"그런 이유도 아주 없지는 않습니다."

"메이저리그 올스타전에 출전하는 기회를 얻는 게 얼마나 어려운 일인지, 또 얼마나 큰 영광인데 고작 그런 이유로……."

"고작 그런 이유가 아닙니다."

"……?"

"무척 중요한 이유죠."

'이 자식이 진짜!'

귀신이기 때문일까.

눈물은 나오지 않았다.

그렇지만 울컥하는 감정이 치밀어 올랐다.

"분명히 후회할 거다."

이용운이 살짝 떨리는 목소리로 이런 결정을 내린 것을 후회할 거라고 말했지만, 박건은 고개를 흔들었다.

"후회 안 할 겁니다."

후우.

이용운이 길게 한숨을 내쉬었다.

갈증… 이라고 표현하면 될까.

너튜브 방송인 '더 독해져서 돌아온 독한 야구'를 진행하고 있었지만, 못내 아쉬움을 느끼고 있었다,

녹화 방송과 생방송은 달랐기 때문이었다.

중계석에 앉아서 현장의 생생한 야구를 팬들에게 전달해 주

고 싶다는 욕구를 갖고 있었다.

그렇지만 두 번 다시 그럴 기회는 없을 줄 알았는데.

박건의 배려 덕분에 마침내 기회가 찾아온 셈이었다.

"설마… 우시는 건 아니죠?"

그때, 박건이 물었다.

"안 운다."

"다행이네요."

"왜 다행이란 거냐?"

"제가 올스타전 출전을 포기한 것, 선배님 때문만은 아니었 거든요. 다른 이유도 있었습니다. 그런데 감동해서 눈물까지 흘 리시면 제가 민망할 뻔했습니다."

"다른 이유가… 브라이언 할리데이, 맞아?"

"그렇습니다."

담담하게 대꾸하는 박건에게 이용운이 새삼스러운 시선을 던졌다.

"자네도 알겠지만 투수와 교체 야수는 메이저리그 사무국에서 선정하지. 그리고 메이저리그 사무국은 최대한 많은 팀의 선수들 이 올스타전에 출전할 수 있도록 배려하는 편이네. 그래서 우리 팀에도 기회가 돌아올 텐데 내가 자넬 추천할 생각이네."

일전의 면담 자리에서 잭 대니얼스 단장이 꺼냈던 말이었다.

만약 박건이 결심만 했다면, 별들의 축제인 메이저리그 올스타전 출전이 가능했던 상황이었던 셈이었다.

그러나 박건은 그 제안을 고사했다.

대신 브라이언 할리데이가 메이저리그 올스타전에 출전할 수 있도록 기회를 주라고 잭 대니얼스 단장에게 부탁했었다.

"왜 브라이언 할리데이에게 메이저리그 올스타전에 출전할 기회를 양보했던 것이냐?"

"브라이언 할리데이 문제를 최대한 빨리 해결하고 싶었기 때문입니다."

"올스타전 출전 기회를 양보하면 브라이언 할리데이 문제가 해결될 수 있다고 판단했다?"

"네."

"그렇게 판단했던 이유는?"

"브라이언 할리데이는 대체 어떤 부류의 사람일까에 대해서 고민해 봤습니다. 그 고민 끝에 과거 속에서 살고 있는 사람이란 결론을 내렸습니다."

"브라이언 할리데이가 과거 속에서 살고 있다?"

"과거의 영광에 머물러 있느라 지금 자신이 처해 있는 현실을 제대로 보지 못하고 있으니까요. 그래서 현실을 직시하게 해주고 싶었습니다. 자신이 처한 현실을 직시하고 나면, 브라이언 할리데이가 달라질 가능성이 있다고 판단했습니다."

'이젠 사람 보는 눈도 제법 늘었구나.'

브라이언 할리데이에 대한 박건의 분석은 무척 정확했다.

'과거의 영광에 취해서 노력하지 않으면서 성장이 멈춰 버린 천재.'

브라이언 할리데이에 대한 이용운의 평가도 박건과 일치했다.

제6장

 브라이언 할리데이는 엄청난 스포트라이트를 받으며 마이애
미 말린스에 입단했다.

 마이애미 말린스의 전력을 한 단계 상승시킬 수 있는 천재
선수.

 팬들은 브라이언 할리데이에게 큰 기대를 했다. 그리고 브라
이언 할리데이는 팬들의 기대에 부응하는 활약을 펼쳤다.

 타율 0.304, 홈런 31개, OPS. 0.754.

 브라이언 할리데이가 데뷔 시즌에 기록한 성적이었다.

 장타력을 갖춘 대형 포수로서의 자질을 증명한 호성적.

 그렇지만 브라이언 할리데이가 빼어난 활약을 펼쳤음에도

마이애미 말린스는 내셔널리그 동부 지구 3위에 머무르며 가을 야구 진출에 실패했다. 그리고 마이애미 말린스와 장기 계약을 맺은 후, 브라이언 할리데이의 성적 지표는 꾸준히 하락했다.

'동기부여 요인 상실.'

한때 천재라고 불렸던 브라이언 할리데이가 평범한 선수, 아니, 평범에도 미치지 못하는 선수로 전락한 이유 중 하나는 동기부여 요인이 없어서였다.

내가 아무리 잘해도 마이애미 말린스는 월드시리즈 우승을 차지할 수 없다.

아니, 포스트 시즌 진출도 불가능하다.

메이저리그에서 뛴 경력이 쌓이면서 브라이언 할리데이는 소속팀인 마이애미 말린스의 한계를 여실히 깨달았다.

그래서 어느 순간부터인가 마이애미 말린스 팬들의 응원을 받고 고액 연봉을 수령하면서 야구를 하는 것에 만족하고 안주하기 시작했다.

그리고 하나 더.

'포지션 경쟁자가 없어.'

브라이언 할리데이가 잘하든 못하든 꾸준히 팀의 주전 포수로 출전했다.

그러다 보니 자연스레 그는 게으른 천재로 몰락한 것이었다.

'자극!'

이용운 역시 브라이언 할리데이 문제를 해결할 방법에 대해서 고민했었다.

마땅한 포지션 경쟁자도 대체 선수도 없는 브라이언 할리데이가 다시 경기에 집중하면서 천재의 모습을 되찾아야만 마이애미 말린스가 지구 우승이란 목표를 달성할 수 있었기 때문이었다. 그리고 이용운이 고민 끝에 찾아낸 해법은 자극이었다.

'만약 최고의 활약을 펼치는 박건이 아니라 부진한 모습을 보이는 브라이언 할리데이가 이번 메이저리그 올스타전에 출전하게 된다면? 야구팬들은 물론이고 전문가들도 이런 결정을 내린 메이저리그 사무국을 비난할 거야. 그리고 그 비난의 화살은 이내 브라이언 할리데이에게로 향하게 될 터. 그럼 브라이언 할리데이에게 자극이 될 거야.'

브라이언 할리데이에게 자극을 주는 방법으로 이용운이 찾아낸 것은 박건이 메이저리그 올스타전 출전을 포기하는 것이었다.

그렇지만 이용운은 자신이 찾아낸 해법을 끝내 입 밖으로 꺼내지 못했다.

별들의 축제라 불리는 메이저리그 올스타전에 출전하는 것.

야구선수라면 누구나 꿈꾸는 것이었다.

또, 대단한 영광이었다.

그 사실을 잘 알고 있기에 박건에게 메이저리그 올스타전 출전을 포기하라는 이야기를 먼저 꺼내지 못했던 것이었다.

그런데 박건 역시 브라이언 할리데이 문제를 해결하기 위해서 고민한 끝에 자신과 같은 해법을 찾아냈다. 그래서 이용운이 부탁하지 않았음에도 먼저 메이저리그 올스타전 출전을 포기했다.

이것이 인간을 파악하는 박건의 시선이 깊어졌다는 증거.

"힘든 결정이었을 텐데 용케 결정을 내렸구나."

"일전에도 말씀드렸지만 선택의 여지가 없었으니까요. 제가 걱정하는 것은 다른 부분입니다."

"후배가 걱정하는 게 뭐지?"

"메이저리그 올스타전을 포기했음에도 불구하고 브라이언 할리데이 문제가 해결되지 않는 게 아닐까 하는 부분이 걱정입니다."

"죽 쒀서 개 주는 상황이 발생할까 두려운 거지?"

"비슷합니다."

"그것 때문이라면 걱정할 것 없다. 브라이언 할리데이는 이번 일을 겪으면서 분명히 달라질 테니까."

이용운이 확신에 찬 목소리로 대답한 후 질문했다.

"그나저나 올스타 브레이크 기간 동안 뭘 할 거냐?"

박건이 망설이지 않고 대답했다.

"하던 대로."

"응?"

"루틴을 지켜야죠."

＊　　　　　＊　　　　　＊

─박건 대신 브라이언 할리데이가 메이저리그 올스타전에 출전한다? 이건 아무리 생각해 봐도 진짜 아니라고 생각함

─메이저리그 사무국은 각성하라.

─이번 올스타전 보이콧합니다.

─보이콧에 동참하겠음.

─나도 보이콧 동참.

메이저리그 올스타전이 다가올수록 상황은 더욱 심각해졌다.

박건이 아닌 브라이언 할리데이가 메이저리그 올스타전에 출전할 선수로 선정된 것에 야구팬들은 분노를 표출했다.

인터넷 댓글만이 아니었다.

북페이스와 안스타그램 등 SNS를 중심으로 분노를 표출하면서 이번 메이저리그 올스타전을 보이콧하자는 운동까지 펼쳐졌다.

"예상보다… 상황이 심각하네."

처음에는 대수롭지 않게 여겼던 브라이언 할리데이였지만, 얼마 지나지 않아 상황의 심각성을 인지했다.

이대론 안 되겠다고 판단한 브라이언 할리데이가 휴대전화를 꺼내 통화 버튼을 눌렀다.

"지금 어디야?"

"훈련장."

"뭐? 어디라고?"

혹시 자신이 잘못 들은 게 아닐까 하는 의심이 들어서 브라이언 할리데이가 다시 질문을 던졌다.

"훈련장이라고."

커티스 그랜더슨에게서 같은 대답이 돌아오고 난 후에야 브라이언 할리데이는 자신이 잘못 들었던 게 아님을 깨달았다.

"무슨 일로 연락했어?"

"그게… 만나서 얘기해. 내가 훈련장으로 갈게."

커티스 그랜더슨과의 짧은 통화를 마친 후 브라이언 할리데이가 차에 올랐다. 그리고 훈련장으로 운전해서 가던 도중 고개를 갸웃했다.

"왜… 훈련장에 있는 거지?"

올스타 브레이크 기간은 공식적인 휴가나 마찬가지였다. 그리고 커티스 그랜더슨은 메이저리그 올스타전 출전이 불발됐다.

해서 커티스 그랜더슨이 당연히 휴가를 즐기고 있을 거라 예상했는데.

그 예상은 빗나갔다

커티스 그랜더슨은 올스타 브레이크 기간임에도 불구하고 훈련장에 머물고 있었다.

평소 봐왔던 커티스 그랜더슨의 모습과는 분명히 달랐다.

어쨌든 심각한 현재 상황에 대해서 의논할 사람이 누가 있을지를 고민해 보니 가장 먼저 떠올랐던 것이 커티스 그랜더슨이었다.

잠시 후, 브라이언 할리데이가 구단 훈련장에 도착했다. 그리고 얼마 지나지 않아 타격 케이지에서 타격 훈련을 하는 커티스 그랜더슨을 발견하고 케이지 앞으로 걸음을 옮겼다.

"어, 왔어?"

브라이언 할리데이가 도착한 것을 발견한 커티스 그랜더슨이 타격 훈련을 중단하고 땀을 닦으며 타격 케이지를 빠져나왔다.

"무슨 일 때문에 찾아온 거야?"

"얘기 좀 하고 싶어서."

"무슨 얘기?"

"이런 저런 얘기."

브라이언 할리데이가 텅 빈 더그아웃을 턱짓으로 가리키며 제안했다.

"저기로 가자."

더그아웃에 나란히 앉고 난 후, 브라이언 할리데이가 용건을 꺼냈다.

"반응, 봤어?"

"분위기가 안 좋더군."

커티스 그랜더슨은 대수롭지 않게 대답했다.

'당사자가 아니니까.'

브라이언 할리데이가 쓴웃음을 지은 채 언성을 높였다.

"악플러들이 활개를 치고 있더라고. 변호사에게 지시해서 증거 수집한 다음 싹 고소를 해버릴까 고민 중이야."

"그러지 않는 게 좋을 거야."

"왜 그러지 말라는 거야?"

"고소하더라도 이기지 못하고 돈만 버리는 셈일 테니까."

커티스 그랜더슨의 대답을 들은 브라이언 할리데이가 눈살을 찌푸렸다.

"왜 고소해도 이기지 못한다는 거야?"

"악플이 아니니까."

"응?"

"틀린 말이 하나도 없더라고."

브라이언 할리데이가 딱딱하게 표정을 굳혔다.

이런 대답을 원하고 커티스 그랜더슨을 찾아온 게 아니었다.

커티스 그랜더슨이 자신의 이야기에 맞장구를 쳐주고 함께 분노해 주길 바랐는데.

그는 기대와는 한참 다른 이야기를 꺼냈다.

"그리고 함부로 고소했다가는 역풍이 불 거야."

"무슨 역풍이 분다는 거야?"

"야구팬들이 진짜 너 때문에 메이저리그 올스타전을 보이콧할 수도 있어."

"설마 그렇게까지야……."

"아직 상황 파악이 제대로 안 됐네."

커티스 그랜더슨이 따끔하게 일침을 날린 후 이온음료를 한 모금 마셨다.

그런 그를 노려보던 브라이언 할리데이가 손에 쥐고 있던 종이컵을 구겼다.

"이게 다 그 자식 때문이야. 그 자식 때문에……."

"애먼 박건에게 책임 전가하지 마."

"……?"

"이 사태는 어디까지나 네가 야구를 못해서 벌어진 일이니까."

"방금 뭐라고……?"

"이상하지 않아?"

"무슨 소리야?"

"왜 올 시즌에 최고의 활약을 펼친 박건이 아니라 부진한 네가 메이저리그 올스타전에 출전하게 됐을까? 이런 의문을 품어 본 적 없어?"

"그건……."

브라이언 할리데이의 말문이 막혔다.

지금까지는 박건이 아니라 자신이 메이저리그 올스타전에 출전할 선수로 선정된 것이 당연하다고 생각했다.

그래서 한 번도 의문을 품었던 적이 없었다.

그런데 커티스 그랜더슨의 지적을 듣고 나서야 처음으로 의문을 품었다.

'왜… 박건이 아니라 나였지?'

그 의문에 대한 답을 알려준 것은 커티스 그랜더슨이었다.

"박건의 선택이었어."

"그건 또 무슨 소리야?"

"잭 대니얼스 단장은 우리 팀에서 박건이 올스타전에 출전하는 것이 맞다고 판단해서 사무국에 추천하려고 했어. 그런데 박건이 거절했다고 하더군."

"왜……?"

"내가 아니라 브라이언 할리데이가 올스타전에 출전하게 해 달라. 잭 대니얼스 단장에게 이렇게 부탁해서 박건이 아니라 네가 이번 올스타전에 출전하게 된 거야."

전혀 예상치 못했던 진실을 알게 된 브라이언 할리데이의 눈동자가 흔들렸다.

'날… 동정한 건가?'

퍼뜩 그런 생각이 들어서였다.

그때, 커티스 그랜더슨이 다시 입을 뗐다.

"널 동정해서가 아냐."

"하지만……."

"박건이 그런 결정을 내리기 쉬웠을까? 신인 선수들이 메이저리그 올스타전에 나서는 것이 꿈이라는 사실은 너도 알고 있지? 인지도를 단숨에 끌어올릴 수 있고, 올스타전에 출전하는 것만으로도 몸값이 확 뛰니까. 그런데 박건은 올스타전에 출전할 기회가 찾아왔음에도 포기했어. 왜인지 알아? 마이애미 말린스를 위한 결정이었어."

"우리 팀을 위한 결정이었다고?"

"난 박건의 선택을 일종의 메시지라고 해석했어."

"어떤 메시지?"

커티스 그랜더슨이 대답했다.

"연봉값 좀 하라는 메시지."

"……?"

"신인 선수인 내가 이런 희생을 감수했다. 그러니 팀 내 고참급 선수들도 정신 좀 차리고 잘해달라고 부탁하는 것 같았어. 그래서 올스타 브레이크 기간임에도 불구하고 내가 훈련장에 나와서 땀을 흘리고 있는 거야."

*   *   *

"어?"

평소처럼 훈련장에 출근했던 박건이 걸음을 멈췄다.

훈련장에서 만날 거라고는 예상치 못했던 얼굴을 확인했기 때문이었다.

"선배님, 제가 제대로 본 것 맞죠?"

"제대로 봤다. 브라이언 할리데이가 맞다."

타격 케이지에서 저지가 땀범벅이 된 채 스윙을 반복하고 있는 것은 브라이언 할리데이가 맞았다.

"올스타전 출전을 포기한 것, 아무래도 잘한 선택인 것 같습니다."

박건의 표정이 밝아졌을 때, 브라이언 할리데이가 수건으로 땀을 닦으며 타격 케이지를 빠져나왔다.

"박건."

그런 그가 자신의 앞으로 다가왔다.

"내게 용건이 있어?"

박건이 질문하자, 브라이언 할리데이가 고개를 끄덕였다.

"꼭 하고 싶은 말이 있다."

"내게? 무슨 말이지?"

"날 더 비참하게 만들지 마라."

"……?"

"다음엔 양보하지 말란 뜻이다."

브라이언 할리데이의 말뜻을 이해한 박건이 희미한 웃음을 머금은 채 고개를 끄덕였을 때였다.

"그리고 부탁이 하나 있다."

"어떤 부탁이지?"

브라이언 할리데이가 대답했다.

"사인 좀 해다오."

　　　　　*　　　　　*　　　　　*

　브라이언 할리데이는 스케치북에 사인을 여러 장 해달라고 부탁했다.

　그렇지만 무려 그의 아들과 아들의 친구들에게 건넬 사인인데 스케치북에 사인을 해줄 수는 없었다.

　해서 박건이 더그아웃에 앉아서 자신의 사진이 찍힌 카드에 부지런히 사인을 하고 있을 때였다.

　"저도 사인 한 장 부탁해요."

　누군가 사인을 부탁했다.

　박건이 사인을 멈추고 그 목소리가 들려온 방향으로 급히 고개를 돌렸다.

　"어?"

　그런 박건이 또 한 번 놀랐다.

　여기서 만날 것이라고는 꿈에도 예상치 못했던 사람을 마주했기 때문이었다.

　'채선경 아나운서?'

　박건이 믿기지 않는다는 표정을 지은 채 빤히 바라보고 있을 때, 채선경이 웃으며 덧붙였다.

　"저도 박건 선수 팬이거든요."

　"네? 네. 그런데 여긴 어떻게……?"

"아직 대답 안 하셨어요."

"······?"

"사인해 달라는 제 요청에 대한 대답. 계속 대답 안 하시면 나중에 방송에서 박건 선수의 팬서비스가 엉망이라고 소문낼 거예요."

청바지에 하얀색 티셔츠를 입고 있는 채선경에게서 박건은 여전히 시선을 떼지 못했다.

새하얀 이를 드러낸 채 환하게 웃는 채선경이 눈이 부시게 아름다웠기 때문이었다.

"정신 안 차릴래?"

이용운의 핀잔을 듣고서야 박건이 상념에서 깨어났다.

"제가 무슨 실수를 했나요?"

"엄청 큰 실수를 했지."

"어떤······?"

"일단 사인부터 해."

이용운의 재촉을 받고서야 박건은 채선경에게 건넬 사인을 하기 시작했다.

"제가 무슨 실수를 했습니까?"

"여자가 하는 말에 귀를 기울이지 않은 것, 엄청 큰 실수이자 감점 요인이지."

"그럼 이제 어떻게 해야 할까요?"

"뭘 어떻게 해? 만회해야지."

박건이 사인을 마치자마자 채선경의 앞으로 다가갔다. 그리고 그녀에게 사인을 건네며 질문했다.

"선경 씨가 여긴 어떻게 찾아왔습니까?"

"사인 받으려고요."

"네?"

"박건 선수를 만나고 싶기도 했고요."

채선경이 웃으며 대답했다. 그렇지만 박건은 함께 웃지 못하고 심각한 표정을 유지했다.

지금 그녀가 한 말이 진짜인지 거짓인지 헷갈렸기 때문이었다.

그때 채선경이 다시 입을 뗐다.

"실은 메이저리그 올스타전에 맞춰서 제가 진행하는 '메이저리그 투나잇'도 특집 프로그램을 준비했답니다. 박건 선수가 경기가 없는 평소에 어떻게 생활하는가를 카메라에 담아서 소개하는 프로그램이랍니다. 그래서 제가 여기서 박건 선수를 만나고 있는 것이고요."

"아, 네."

"이번 특집 프로그램, 무척 중요하답니다. 그래서 본 촬영은 내일부터이지만 리허설을 하고 싶은데 괜찮으시겠어요?"

"리허설… 요?"

"네."

"어떻게 하면 되나요?"

"특별한 건 없어요. 그냥 평소 박건 선수가 생활하는 모습 그대로 하시면 돼요. 전 멀찍이 떨어져서 동행만 할게요."

'동행이라.'

어려운 일은 아니었다.

게다가 채선경이 동행한다는 사실이 벌써 박건의 마음을 설레게 만들었다.

"그거라면 가능합니다."

해서 박건이 혼쾌히 수락한 순간, 채선경이 기쁜 기색을 감추지 않은 채 질문했다.

"언제부터 시작할까요?"

"음, 두 시간만 기다려 주시면……."

평소 루틴대로 훈련을 마치려면 약 두 시간가량 더 필요했다. 그래서 박건이 무심코 대답을 꺼냈을 때, 이용운이 소리쳤다.

"하여간 융통성이 없어요. 오늘은 그냥 훈련 접어라. 먼 곳에서 찾아온 숙녀를 기다리게 하는 건 매너가 아니니까."

*　　　*　　　*

카메라가 계속 따라다니는 것.

처음에는 무척 신경이 쓰였다.

그렇지만 카메라에 익숙해지는 데 오랜 시간이 걸리지 않았다.

"카메라는 신경 쓰지 않으셔도 돼요. 그냥 카메라가 없다고 생각하고 말하고 행동하시면 돼요."

채선경이 건넨 충고, 그리고 채선경과 했던 리허설이 카메라 울렁증을 극복하는 데 큰 도움이 됐다.

"이번 특집 프로그램에 저의 평소 생활을 촬영해서 내보내시기로 한 것, 누가 기획한 건지는 몰라도 제 생각에는 잘못된 기획인 것 같습니다."

"왜 그렇게 생각하세요?"

"제 일상이 무척 심심하거든요."

카메라의 존재를 기억에서 지워 버린 박건이 채선경과 편하게 대화를 나누기 시작했다.

"보통 일어나면 사과를 하나 먹고 나서 해변으로 향합니다. 도보로 10분 거리에 경치 좋은 해변이 있거든요."

"아, 마이애미 해변이 아름답다는 소문은 들은 적이 있어요. 벌써 박건 선수가 부러워지네요. 아름다운 마이애미 해변을 매일 보며 산책할 수 있으니까요."

"산책하러 가는 것 아닌데요."

"네? 그럼 혹시… 비키니를 입은 미녀들을 보기 위해서인가요?"

"아쉽지만 그 시간에는 미녀가 없습니다. 직접 보세요. 아예 사람이 없잖아요"

"그러네요. 그럼 박건 선수는 아침마다 해변에서 대체 무엇을 하는 거죠?"

"조깅을 합니다."

"조깅… 요?"

"모래사장에서 조깅을 하면 두 배 이상의 운동 효과가 있거든요. 한번 같이해 보실래요?"

"저도 같이요?"

"혼자 달리면 재미없거든요."

박건이 씩 웃으며 먼저 모래사장 위를 달리기 시작했다.

"그럼 같이 달려볼까요?"

약 20분 뒤, 박건이 모래사장 위를 달리던 것을 멈추었다.

"채선경 아나운서도, 그리고 카메라맨도 못 따라오니 속도를 줄여라."

이용운의 충고를 들었기 때문이었다.

박건이 왔던 길을 다시 돌아가서 가쁜 숨을 몰아쉬고 있는 채선경에게 물었다.

"괜찮아요?"

"저는 괜찮아요. 이제… 끝났나요?"

박건이 고개를 흔들며 대답했다.

"이제 막 시작했습니다."

　　　　*　　　　　*　　　　　*

구단에서 아침 식사를 한 후 개인 훈련.

점심 식사를 한 후 다시 개인 훈련.

저녁 식사를 한 후 마무리 훈련.

평소 루틴대로 훈련을 모두 끝냈을 때의 시간은 저녁 여덟 시 무렵이었다.

박건이 샤워를 마치고 나오자, 채선경이 질렸다는 표정으로 질문했다.

"이제 훈련은 다 끝난 건가요?"

"네."

"그럼 이제부터는 뭘 하세요?"

"잡니다."

"네? 그냥 잔다고요?"

"다음 날 경기가 있을 경우에는 경기 영상을 분석한 후에 잠들지만, 올스타 브레이크 기간에는 경기가 없으니까 그냥 일찍 잡니다. 숙면을 취하는 것도 컨디션을 유지하기 위한 중요한 요인 중 하나이니까요."

"그러니까… 매일 이런 루틴으로 생활하시나요?"

"네."

"취미 생활은 안 하세요?"

"딱히 취미가 없네요."

"그럼 스트레스는 어떻게 푸세요?"

"타격 케이지에서 풉니다."

"네?"

"타격 케이지에서 신나게 공을 때리다 보면 스트레스가 풀리더라고요."

채선경이 고개를 절레절레 흔드는 것을 확인한 박건이 미안한 표정으로 입을 뗐다.

"제 생활이 무척 단조롭고 심심하다고 미리 말씀드렸잖아요."

"어느 정도 각오를 하긴 했지만, 이건 너무 심심하네요. 그런데… 박건 선수와 동행해 보니 알 것 같아요."

"무엇을 알 것 같다는 건가요?"

"박건이란 선수가 세계 최고의 선수들이 모여서 경쟁하는 메이저리그에서 성공할 수 있었던 이유요. 이런 성실함이 박건 선수를 세계 최고의 선수로 만들었네요."

"아직 그 정도는……."

"그래서 분량 걱정은 되지만, 이번 촬영을 통해서 박건 선수를 존경하게 됐습니다. 또, 박건 선수가 좀 더 좋아졌습니다."

*　　　　　*　　　　　*

별들의 축제인 메이저리그 올스타전이 열리기 전, 특별 해설위원으로 중계에 참여하게 된 박건이 중계 부스로 향했다.

중계 부스에 도착한 박건은 먼저 구면인 윤재규와 반갑게 인사를 나눴다.

"윤재규 해설위원님, 오랜만에 뵙습니다. 불편하신 점은 없으세요?"

"박건 선수 덕분에 잘 지내고 있습니다."

"편하게 말씀하시라니까요."

"공개 석상이라……."

"자꾸 불편하게 이러시면 저 해설 안 하고 그냥 갑니다."

"알았어. 그러니까 해설 안 하고 간다는 말은 빨리 취소해. 배 CP님이 소식 들으면 기절할 수도 있으니까."

"취소하겠습니다. 그리고 제가 해드린 게 없는데……."

"박건 선수가 경기에 출전해서 좋은 활약을 펼쳐주는 것, 그게 최고의 선물이지. 오늘 해설도 잘 부탁해."

윤재규와 인사를 나누던 박건이 허기원을 힐끗 살폈다.

정확한 이유는 몰랐지만, 허기원의 표정은 좋지 않았다.

'내가 마음에 안 드는 건가?'

박건이 고개를 갸웃했을 때, 이용운이 허기원의 표정이 좋지 않은 이유를 알려주었다.

"후배가 재규와 먼저 인사를 나누어서 빈정이 상한 것이다."

그 이유를 들은 박건이 황당한 표정을 지었다.

설마 그것 때문에 빈정이 상하기야 했을까 하는 생각이 들어서였다.

"설마 그것 때문이 맞다. 허기원은 가장 연장자인 본인에게 후배가 먼저 인사를 안 한 것으로 인해 화가 났다. 권위 의식이 쩌는 편이거든."

"……."

"기대해라. 오늘 내가 권위 의식 쩌는 허기원에게 한 방 제대로 날려줄 테니까."

무척 오랜만에 중계 부스에 입장했기 때문일까.

이용운의 목소리는 잔뜩 상기되어 있었다. 그리고 이용운은 기대하라고 말했지만, 박건은 그가 경기 중에 어떤 해설을 할지 몰라서 벌써 걱정이 됐다.

'과연 잘한 결정인가?'

그래서 메이저리그 올스타전 중계에 특별 해설위원 자격으로 참여하기로 한 것에 잠시 회의를 품었다. 그러나 박건은 이내 고개를 내저으며 회의를 털어냈다.

이미 내친걸음이었기 때문이었다.

또, 이용운이 얼마나 해설위원으로 복귀하고 싶어 했는가를 잘 알고 있었기 때문이었다.

잠시 후 박건이 작게 말했다.

"선배님."

"듣고 있다."

"오늘은 하고 싶은 대로 하시죠."

"후회하지 않을 자신은 있고?"

"네. 후회 안 합니다."

박건이 웃으며 대답한 후 덧붙였다.

"최고의 해설을 기대하겠습니다."

*　　　*　　　*

"이번 올스타전 팬 투표에서 LA 다저스의 커디 벨린저 선수가 최다 득표를 기록했어요. 말 그대로 깜짝 1위를 차지한 셈인데, 내셔널리그 올스타 팀을 이끌고 있는 데이브 로버츠 감독은 커디 벨린저 선수가 메이저리그 최고의 스타플레이어가 될 것을 무려 2년 전에 예측했어요. 얘기가 2년 전으로 거슬러 올라가는데 제가 스프링캠프 방문차 미국을 방문했다가 인연이 닿아서 데이브 로버츠 감독을 만나게 됐어요. 사람 인연이라는 게 참 신기한 게, 비행기를 탔는데 마침 내 옆 좌석에 데이브 로버츠 감독이 앉은 거예요. 낯익은 사람이 앉는 걸 확인하고 옳다구나 하고……."

허기원이 특유의 느릿한 말투로 무척 긴 이야기를 늘어놓기 시작했다.

'또 시작했네.'

윤재규가 속으로 한숨을 내쉬었다.

허기원은 해설 도중 잡설이 많은 편이었다.

경기 중에 벌어지는 상황에 대한 설명을 하는 것보다 메이저리거, 혹은 메이저리그 관계자들과의 인연에 대한 썰을 푸는 경우가 더 많았다. 그리고 윤재규는 그 이유를 짐작하고 있었다.

'메이저리그에 대한 지식이 부족해.'

허기원은 그동안 계속 국내 프로야구 경기 중계만 해왔다.

메이저리그 경기 중계를 맡은 것은 이번이 처음이었다.

메이저리그에 대한 지식이 부족하다 보니, 자꾸 경기와는 그다지 상관이 없는 이야기를 풀어나갔다.

삼천포로 자꾸 빠진달까.

그런 허기원의 해설에 불만이 있는 것은 윤재규만이 아니었다.

—인맥왕 허기원.

—와아, 적시타가 나왔는데도 자기 친분 자랑하기 바쁜 허기원 클래스.

—허기원 좀 빼라. 구닥다리 해설 못 듣겠다.

—볼륨 줄이고 메이저리그 경기 시청 중.

—허기원은 왜 대체 안 잘리는 걸까? 윗선 비디오 갖고 있는 것 아님?

메이저리그 경기 중계를 시청하는 국내 야구팬들도 허기원의 해설에 불만이 많았다. 그래서 박건의 활약상에 대해 소개하는 기사 하단에도 해설위원 허기원에 대한 불만과 하차를 요구하는 댓글들이 심심찮게 달렸다.

그러나 허기원의 해설 스타일은 전혀 바뀌지 않았다.

'보지 않으니까.'

허기원은 평소 댓글을 읽는 편이 아니었다.

해서 본인의 해설에 불만이 많다는 것, 심지어 하차 요구까지 이어지고 있다는 사실을 알지 못했다.

'진짜… 일까?'

아까 허기원은 비행기를 탔을 때 내셔널리그 올스타 팀 감독이자 현 LA 다저스 감독인 데이브 로버츠가 우연히 옆 좌석에 앉으면서 인연을 맺었다고 했다. 그러나 진위 여부를 확인할 길은 없었다. 그리고 이번만이 아니었다.

허기원이 친분이 있다고 주장한 메이저리거, 코칭스태프, 혹은 메이저리그 관계자들과 진짜 친분이 있는지 여부는 확인할 방법이 없었다.

일방적인 그의 주장이 전부였다.

해서 윤재규가 의심을 품었을 때였다.

"커디 벨린저는 아직 최고의 선수가 아닙니다."

특별 해설위원 자격으로 올스타전 중계에 참여한 박건이 허기원의 말을 도중에 자르며 주장했다.

신나게 데이브 로버츠 감독과의 인연을 소개하고 있었던 허기원은 자신의 주장을 정면으로 반박하는 박건으로 인해 얼굴을 붉히며 불쾌감을 드러냈다.

"커디 벨린저는 최고의 선수가 맞아요. 이번 메이저리그 올스타전 팬 투표에서 1위를 차지한 것이 커디 벨린저가 최고의 선수라는 증거예요. 그런데 박건 선수는 무슨 근거로 커디 벨린저 선수가 최고의 선수가 아니라고 주장하는 겁니까?"

"방금 허기원 해설위원님이 말씀하신 게 근거입니다."

"네?"

"허기원 해설위원님은 조금 전에 커디 벨린저가 최고의 선수라고 주장한 근거로 그가 메이저리그 올스타전 팬 투표에서 1위를 차지한 것을 들었습니다. 바로 그 점입니다. 팬 투표는 어디까지나 팬들이 하는 투표죠."

"하지만……."

"선수들이 보는 시각과 기자들이 보는 시각, 전문가들이 보는 시각, 그리고 팬들이 보는 시각은 엄연히 다르다는 것을 허기원 해설위원님도 알고 계시지 않습니까? 아까 말씀하신 팬 투표에는 변수가 많이 작용합니다. 선수가 팬층이 얼마나 두꺼운 팀에서 뛰고 있는가? 선수가 뛰고 있는 팀의 성적이 어떠한가? 그 외에도 선수의 외모나 이미지 등이 팬 투표 결과에 큰 영향을 미치는 편이죠. 그래서 저는 기자들과 전문가들, 함께 경기장에서 뛰는 선수들이 내리는 선수에 대한 평가가 팬 투표에 의해 이뤄진 선수에 대한 평가보다 훨씬 더 정확하다고 판단합니다. 그리고 기자들과 전문가들, 선수들이 한 평가에서 커디 벨린저는 최고의 선수로 뽑히지 않았습니다. 아예 후보에도 뽑히지 못했죠. 이게 제가 커디 벨린저가 아직 최고의 선수는 아직 아니라고 단언한 이유입니다."

허기원은 반박하지 못했다.

박건이 내세운 근거가 완벽에 가까웠기 때문이었다.

탁자 위에 올려져 있는 허기원의 주먹은 바르르 떨리고 있었다.

그가 분노했다는 증거.

그러나 아직 끝이 아니었다.

"허기원 해설위원님께서 이전에 해설하던 도중에 인연이 깊다고 말씀하셨던 필라델피아 필리스를 이끌고 있는 자니 지라디 감독도 그 평가에 참여했습니다. 그런데 말입니다. 좀 이상한 점이 있습니다."

"뭐가 이상하다는 겁니까?"

"모르시더라고요."

"……?"

"필라델피아 필리스와 경기가 끝나고 난 후, 자니 지라디 감독과 대화를 나눌 기회가 있었습니다. KBO 리그의 수준은 어떠냐? KBO 리그의 장단점은 무엇이냐? 당시에 자니 지라디 감독은 한국 야구에 대해서 제게 이런저런 질문들을 했습니다. 그때 퍼뜩 허기원 해설위원님이 떠올랐습니다."

박건이 말을 멈춘 순간, 윤재규가 허기원의 표정을 살폈다.

왜일까.

아까까지 붉게 달아올라 있던 허기원의 낯빛은 창백하리만치 질려 있었다.

"왜… 내가 떠올랐어요?"

"허기원 해설위원님이 해설하던 중에 자니 지라디 감독님과 친분이 깊다고 말씀하셨던 것을 똑똑히 기억하고 있었거든요. 그래서 자니 지라디 감독님에게 허기원 해설위원님에 대해서 여쭤봤습니다."

"여쭤봤더니 어떤 말씀을 하시던가요?"

캐스터 서동재가 흥미를 느끼며 끼어들었다.

"기억을 못 하셨습니다."

"네?"

"허기원 해설위원님을 전혀 기억하지 못하시더라고요. 그래서 제가 아까 이상하다고 말씀드렸던 겁니다."

서동재는 당황한 기색이 역력했다.

반면 허기원은 고개를 들지 못하고 있었다.

자신이 방송 중에 거짓말을 했다는 사실이 들통이 났기 때문이리라.

'통쾌하네.'

그런 허기원을 살피며 윤재규가 후련함을 느끼고 있을 때였다.

"박건 선수는 KBO 리그와 메이저리그에서 모두 뛰어보셨으니까 양 리그의 차이점에 대해서 잘 알고 계실 것 같습니다. 가장 큰 차이점이 무엇이라고 생각하세요?"

서동재가 재빨리 화제를 전환했다.

허기원을 더 궁지로 몰아붙일 수 있는 기회를 놓친 게 아쉬웠지만, 윤재규도 호기심을 느끼고 귀를 쫑긋 세웠을 때였다.

"의식이라고 생각합니다."

잠시 후 박건에게서 대답이 돌아왔다.

"의식… 요?"

예상치 못했던 대답이기 때문일까.

서동재가 의아한 시선을 던질 때, 박건이 말을 이었다.

"필라델피아 필리스 구단에서 일하는 빌 제임스라는 스카우터가 있습니다. 제가 뉴욕 메츠 시절 극도로 부진했을 때, KBO 리그로 복귀하는 것에 대해서 고민했던 적이 있습니다. 그때 빌 제임스가 제게 KBO 리그로 복귀하지 말고 메이저리그에서 계속 선수 생활을 이어나갔으면 좋겠다고 말했습니다."

"왜 그런 말을 했을까요? 혹시 박건 선수의 잠재력을 알아보고 필라델피아 필리스 구단으로 영입하기 위해서였나요?"

"그건 아닙니다. 필라델피아 필리스 구단의 단장님은 저를 영입하는 것에 전혀 관심이 없었습니다."

"그런데 왜……?"

"메이저리그를 위해서라고 하더군요."

"……?"

"다양한 리그에서 활약하던 선수들이 메이저리그에서 활약했으면 좋겠다. 그럼 메이저리그가 더 풍성해지고 더 흥행할 수 있을 것이다. 당시 빌 제임스는 이렇게 대답했습니다. 그 대답을 들은 제가 빌 제임스에게 질문했습니다. 만약 내가 당신이 일하고 있는 필라델피아 필리스와 같은 지구 라이벌 팀으로 가서 좋은 활약을 펼쳐도 괜찮으냐? 배가 아프지 않겠느냐?"

"그랬더니 어떤 대답을 했습니까?"

"상관없다고 했습니다. 아니, 오히려 그걸 원한다고 했습니다."

"왜죠?"

"메이저리그가 잘되길 바라기 때문이라고 했습니다."

서동재가 작게 고개를 끄덕였다.

윤재규도 내심 감탄했다.

메이저리그가 세계 최고가 된 것.

단순히 야구를 잘하는 선수들이 한데 모여서 뛰기 때문이 아니었다.

메이저리그가 잘되길 바라는 수많은 사람들이 마음을 한데 모으고 노력하기 때문이란 생각이 들었다.

"그래서 많이 아쉬웠습니다."

"어떤 점이 아쉬웠단 말입니까?"

"KBO 리그는 왜 메이저리그처럼 할 수 없을까? 이런 아쉬움이 들었습니다. 잘 아시다시피 KBO 리그는 메이저리그에 비해 규모가 작습니다. 어느 순간부터인가 KBO 리그는 성장이 멈췄죠. 그리고 성장이 멈춰 버린 KBO 리그에서 조금이라도 더 많은 이익을 챙기기 위해서 치열한 싸움이 벌어지고 있습니다. 개인적인 바람으로는 좀 더 크게, 또 멀리 내다봤으면 합니다. 쉽게 말해 파이를 키웠으면 좋겠습니다. 그럼 치열하게 싸우지 않더라도 더 많은 이익을 챙길 수 있으니까요. 그리고 하나 더, 협회가 아니라 팬들을 위한 야구를 했으면 좋겠습니다."

이번에는 서동재의 낯빛이 하얗게 질렸다.

방금 박건이 한 발언.

무척 위험한 발언이었기 때문이었다.

윤재규 역시 박건에게 걱정스러운 시선을 던졌다. 그러나 박건은 해야 할 말을 한 사람처럼 전혀 개의치 않는 표정이었다.

'꼭 필요한 일침이긴 했어.'

잠시 후 윤재규가 고개를 끄덕였다.

어느 누구도 쉽게 꺼내지 못하는 이야기.

그러나 KBO 리그의 발전을 위해서 꼭 필요한 이야기이기도 했다.

'꿔다놓은 보릿자루가 아니구나.'

처음 박건이 메이저리그 올스타전 중계에 특별 해설위원 자격으로 참여할 거라는 소식을 들었을 때, 윤재규는 기대보다 우려가 더 컸었다.

메이저리그 올스타전 중계의 시청률과 화제성을 끌어올릴 순 있지만, 박건이 꿔다놓은 보릿자루처럼 자리만 차지하고 있을 가능성이 있다고 판단해서였다.

그런데 윤재규의 예상은 완전히 빗나갔다.

박건의 존재감은 그라운드에서 이상으로 중계 부스에서도 빛나고 있었다.

'과연 처음 해설을 하는 게 맞나?'

이런 의심이 들 정도로 박건은 침착했다. 그리고 차분하지만 열정이 담긴 목소리로 KBO 리그를 위한 쓴소리까지 날렸다.

'잘한다!'

그로 인해 내심 감탄하던 윤재규가 두 눈을 빛냈다.

중계 부스에 함께 앉아 있는 박건을 가만히 바라보고 있다 보니 퍼뜩 떠오르는 사람이 있어서였다.

'꼭… 용운이 같구나.'

독설 해설의 1인자였던 이용운과 함께 중계 부스에 앉아 있는 느낌이랄까.

윤재규가 새삼스러운 시선을 던질 때, 박건이 씨익 웃으며 입을 뗐다.

"자, 이제 본격적으로 해설을 시작해 볼까요?"

제7장

메이저리그 올스타전이 끝났다.

최종 스코어 9—4.

경기는 내셔널리그 올스타 팀의 압승으로 끝났다.

그렇지만 한국 야구팬들은 메이저리그 올스타전의 경기 결과와 내용보다 박건이 특별해설위원으로 참여했던 중계에 더 관심을 드러냈다.

—속이 뻥 뚫리는 해설. 최고!

—인형처럼 앉아만 있을까 봐 걱정했는데… 허기원을 인형으로 만들어 버리는 해설위원 박건 클래스.

—허기원 구라 쳤던 것 들통나고 당황하는 것 봤음? 완전 꿀
잼.

—해설위원보다 더 해설을 잘하는 현역 메이저리거의 등장.

—선수와 해설위원 겸업을 추천합니다.

팬들이 남긴 댓글들을 확인한 박건이 입을 뗐다.

"예상대로 반응이 뜨겁네요."

"예상대로?"

"선배님이 해설을 하시면 당연히 반응이 뜨거울 거라고 예상
했습니다."

박건이 대답하자 이용운이 웃으며 다시 물었다.

"내가 좀 과했나?"

"한 가지는 확실해졌습니다."

"뭐가 확실해졌지?"

"선수 은퇴하고 난 후에 해설위원으로 일하는 것은 어려울
것 같습니다."

"그럼 감독 해."

"KBO 리그 감독도 어려울 것 같은데요."

박건이 웃으며 대답하자, 이용운이 미안한 기색으로 말했다.

"내가 생각해도 평소보다 과했다. 왜 그렇게 과하게 해설을
했는가를 고민해 보니까 복면을 썼기 때문이었다."

"복면… 요?"

"내가 하는 이야기를 후배가 옮기니까 꼭 복면을 쓴 채 해설하는 느낌이었다. 그래서 예전에는 하지 못했던 말들도 할 용기가 생기더구나."

"제가… 복면이었군요."

"알아서 좀 순화하지 그랬느냐?"

"그러기 싫었습니다."

"왜?"

"딱히 틀린 말도 없더라고요. 그리고 선배님의 흥을 깨뜨리긴 싫었습니다."

"고맙다."

"한 번 더 기회를 마련해 드릴까요?"

"응?"

"특별 해설위원 자격으로 중계에 참여하는 것 말입니다."

마이애미 말린스 소속 선수인 박건의 목표는 월드시리즈 우승이었다.

그렇지만 어디까지나 목표일 뿐이었다.

목표를 세웠다고 해서 그 목표를 달성할 수 있는 것이 아니었다.

마이애미 말린스가 월드시리즈 우승은커녕 포스트 시즌 진출에도 실패할 수 있었다. 그리고 마이애미 말린스가 포스트 시즌 진출에 실패하더라도 TBS 스포츠 채널의 메이저리그 중계는 계속됐다.

포스트 시즌 전 경기는 물론이고, 월드시리즈 경기까지 중계를 이어갈 터.

만약 박건이 배동국에게 제안한다면 한 차례 더 특별 해설위원으로 중계에 참여할 수 있을 것이었다.

"됐다."

그러나 이용운은 박건의 제안을 딱 잘라 거절했다.

"왜 됐다는 겁니까?"

"이걸로 충분하다. 그리고… 후배가 한 번 더 중계진에 참여한다는 것은 마이애미 말린스가 월드시리즈 진출을 못 한다는 뜻이기도 하니까."

'역시 귀신은 못 속여.'

박건이 새삼 감탄했을 때였다.

"여기 계셨네요."

채선경의 목소리가 들려왔다.

"오늘 중계 정말 잘하시던데요."

그런 그녀가 박건에게 칭찬을 건넸다.

"정말 잘한 걸까요?"

"네. 잘하셨어요."

"배동국 CP님 입장이 곤란해지지 않았을까요?"

박건이 조심스럽게 묻자, 채선경이 고개를 흔들었다.

"아까 통화했는데 엄청 좋아하시던데요."

"그래요?"

"시청률도 화제성도 대박이라면서요."

"그 얘길 듣고 나니 비로소 안심이 되네요."

박건이 말을 마쳤을 때, 채선경이 입을 뗐다.

"작별 인사하러 찾아왔어요."

"작별 인사요?"

"이제 한국으로 돌아가야 하니까요."

채선경이 한국으로 돌아가야 한다는 이야기를 꺼낸 순간 박건은 아쉬움을 느꼈다.

"언제 돌아가시는데요?"

"내일 아침 비행기로 출발해요."

"그렇구나."

박건이 무심코 대답했을 때였다.

"지금 그렇구나 하고 대답할 때가 아니다."

이용운이 핀잔을 건넸다.

"그럼 뭘 해야 할 때입니까?"

박건이 묻자, 이용운이 답을 알려주었다.

"제대로 작별 인사를 해야지. 저녁 같이 먹자고 해. 술도 같이 한잔하고."

이용운의 충고를 듣고서야 정신이 번쩍 들었다. 그래서 박건이 재빨리 입을 뗐다.

"너무 이른 작별 인사인데요?"

"네?"

"내일 아침에 출국인데 벌써 작별 인사를 하는 것, 너무 이르단 뜻입니다. 같이 저녁 식사라도 하시죠."

"저녁 식사요?"

박건이 식사를 함께하자는 제안을 할 것은 예상치 못했기 때문일까.

채선경은 당황한 기색이었다.

"혹시 선약이 있으신가요? 아니면, 저와 저녁 식사를 같이하는 게 싫으신 건가요?"

박건이 재차 묻자, 채선경이 황급히 손을 내저으며 대답했다.

"선약은 없어요. 그런데……."

"그런데 뭐죠?"

"훈련하러 가셔야 하는 것 아닌가요?"

박건의 개인 훈련이 늦게 끝난다는 사실을 알고 있는 채선경이 질문했다.

"오늘 하루는 특별히 훈련을 거르기로 했습니다."

"왜요?"

"무척 귀한 손님과 저녁을 같이 먹어야 하니까요."

*   *   *

Two top place.

박건이 검색 끝에 고른 레스토랑이었다.

음식과 분위기, 이 두 가지가 모두 뛰어나다는 평가를 받으면서 마이애미에서는 가장 유명한 레스토랑 중 하나였다.

"두 명입니다."

박건이 채선경과 함께 저녁 식당을 하기 위해서 레스토랑에 도착했다. 그러나 레스토랑에 입장도 하기 전에 난관에 부딪쳤다.

"예약하셨습니까?"

"예약은 안 했습니다."

"그럼 입장하실 수 없습니다. 이미 예약이 꽉 찼으니까요."

레스토랑 지배인이 입장이 불가하단 사실을 알려준 순간, 박건이 당황했다.

시작 단계부터 계획이 어그러지며 박건의 머릿속이 하얗게 변했을 때였다.

"아쉽지만 다른 레스토랑에 가야지. 레스토랑이 여기밖에 없는 건 아니니까."

"어디로 갈까요?"

"그걸 왜 나한테 물어? 스마트폰으로 검색해 봐."

박건이 서둘러 휴대전화를 꺼내서 인근의 다른 레스토랑을 검색해 보고 있을 때, 지배인이 다가왔다.

"저기, 손님."

"네? 네."

"마침 예약이 취소돼서 테이블이 하나 남아 있습니다. 저희

레스토랑에서 식사하시겠습니까?"

마다할 이유가 없었다.

"그렇게 하죠."

박건이 운이 좋다고 생각하며 재빨리 대답했다.

"저를 따라오시죠."

앞장서서 걸어가는 지배인의 뒤를 따라 레스토랑 안으로 들어갔던 박건이 당황했다.

레스토랑 내부에 비어 있는 테이블이 보이지 않았기 때문이었다. 그리고 레스토랑 지배인은 빈 테이블이 아니라 남녀가 앉아 있는 테이블 앞에서 멈춰선 후 설명했다.

"이 두 분이 방금 전 예약을 취소했습니다."

"왜……?"

박건이 고개를 갸웃했다.

레스토랑에 찾아오기 전에 취소한 것도 아니고 기껏 식사를 하기 위해서 레스토랑까지 찾아와 놓고서 갑자기 예약을 취소한 것이 이해가 가지 않았다.

'싸웠나?'

또 하나 이해가 가지 않는 것은 예약을 취소한 두 남녀가 레스토랑을 떠나기도 전에 지배인이 안내했다는 점이었다.

보통은 다른 손님이 떠나고 난 후 테이블로 안내하는 법이었으니까.

그때였다.

"박건 선수, 팬입니다."

남자가 자리에서 일어나며 인사를 건넸다.

"아, 감사합니다. 만나서 반갑습니다."

'잘생겼네.'

박건이 남자가 내민 손을 맞잡으며 속으로 생각했을 때였다.

"라이엇 고슬링을 이렇게 가까이서 보게 될 줄은 몰랐네요."

채선경이 놀란 목소리로 말했다.

"어떻게 알아요?"

"당연히 알죠."

"당연히?"

"설마… 몰라요?"

박건이 모르겠다는 의미로 고개를 흔들자, 채선경이 황당하단 표정을 지은 채로 다시 물었다.

"그럼 다이아나 애그쉬도 몰라요?"

"그게 누군데요?"

"지금 박건 선수가 보고 있는 여성분요."

"유명한 사람들인가요?"

"할리우드 톱배우들이에요."

평소 영화나 드라마에 관심이 없는 박건은 전혀 몰랐던 사실.

채선경의 설명을 듣고서야 박건은 남자와 여자가 할리우드 배우들이라는 사실을 알게 됐다. 그리고 어지간한 일에는 흥분하지 않는 성격인 채선경이 이렇게 흥분한 것이 이들이 톱 배우들이라는 증거였다.

'어쩐지 잘생겼더라.'

박건이 속으로 생각했을 때, 다이아나 애그쉬가 웃으며 덧붙였다.

"그냥 팬이 아니라 광팬이랍니다. 레스토랑 예약까지 양보할 정도로요."

"그게 무슨 뜻인가요?"

"말 그대로예요. 오늘 라이엇과 데이트하려고 레스토랑을 예약했는데 마침 박건 선수를 만난 거죠. 그리고 지배인에게 박건 선수가 예약을 안 해서 입장하지 못하고 돌아간다는 이야기를 듣자마자 라이엇이 테이블을 양보한 거예요."

다이아나 애그쉬의 설명을 들은 박건이 손사래를 쳤다.

"그럼 곤란합니다. 저희가 다른 곳에서 식사하겠습니다."

"그건 안 됩니다."

라이엇 고슬링도 쉽게 물러서지 않았다.

그로 인해 박건이 난감한 표정을 짓고 있을 때였다.

"그럼 이렇게 하는 게 어떨까요? 모두 함께 식사를 하는 거요."

다이아나 애크쉬가 제안했다.

"합석을 하자는 말씀이신가요?"

"곤란하신가요?"

"그게……."

박건이 고개를 돌려 채선경을 바라보았다.

"합석해도 괜찮을까요?"

"저야 영광이죠. 할리우드 톱스타들과 함께 식사할 수 있는 기회가 또 언제 있겠어요?"

"그래도 불편하지 않겠어요?"

"한 가지 조건만 충족되면 불편함은 기꺼이 감수할게요."

"어떤 조건이죠?"

"같이 사진을 찍는 것요."

"사진… 요?"

"네."

박건이 채선경과 대화를 마친 후, 라이엇 고슬링을 바라보았다.

"같이 식사하고 난 후에 사진 한 장 같이 찍을 수 있을까요?"

"오히려 내가 부탁하고 싶었던 겁니다."

라이엇 고슬링은 흔쾌히 제안을 수락했다.

"괜찮으세요?"

다음으로 다이아나 애그쉬에게 의중을 묻자, 그녀가 웃으며 대답했다.

"물론 괜찮아요. 저도 박건 선수의 팬이거든요. 단, 저희도 한 가지 조건이 있어요."

"어떤 조건입니까?"

"오늘 식사 계산을 라이엇이 하는 겁니다."

"네? 하지만……."

"라이엇이 항상 박건 선수에게 밥 한번 사고 싶다고 말했거든요."

*　　　*　　　*

"라이엇의 별명이 뭔지 아세요?"

"모릅니다."

오늘 라이엇 고슬링이란 배우가 세상에 있다는 사실을 처음 알게 됐다.

그런데 박건이 라이엇 고슬링의 별명까지 어찌 알까.

해서 모른다고 대답한 순간, 채선경이 끼어들었다.

"퇴짜왕, 맞나요?"

'영어도 잘하네.'

박건이 원어민처럼 능숙하게 영어를 구사하는 채선경에게 감탄하고 있을 때, 질문을 던졌던 다이아나 애그쉬는 박수를 쳤다.

"정답이에요."

"왜 라이엇에게 퇴짜왕이란 별명이 생긴 건가요?"

박건이 묻자, 채선경이 대답했다.

"작품에 출연해 달란 제안이 들어올 때마다 퇴짜를 놓아서

퇴짜왕이란 별명 아닌 별명이 생겼어요."

그 이야기를 듣고 있던 라이엇 고슬링이 억울한 표정으로 항변했다.

"그거 옛날 얘기야. 내가 요새 얼마나 작품 활동을 왕성하게 하고 있는데."

"이건 맞아요. 최근 들어 라이엇이 퇴짜왕이란 오명을 벗고 다작 배우라는 새로운 별명을 얻었을 정도니까요. 그런데 라이엇이 갑자기 다작 배우가 된 이유가 무엇 때문인지 알아요? 새로운 목표가 생겼기 때문이랍니다."

"어떤 새로운 목표요?"

"마이애미 말린스 구단 인수라는 목표."

"네?"

"그래서 돈을 많이 벌어야 하기 때문에 갑자기 다작 배우로 변신한 거예요. 황당하죠?"

"원래 남자들은 엉뚱한 면이 있잖아요."

"내 말이. 현실 감각이 전혀 없다니까. 그보다 이 가방 어때요?"

"너무 예뻐요."

"역시 가방 보는 안목도 있네요. 나타샤 브리드라고 요새 뉴욕에서 제일 핫한 디자이너가 만든 제품이에요."

"나타샤 브리드라면 저도 들어봤어요."

"어머, 잘됐다. 오늘 이렇게 만난 기념으로 이 가방을 선물로 줄게요."

"네? 제게 이렇게 비싸고 귀한 가방을 선물로 준다고요?'

"집에 똑같은 게 하나 더 있거든요."

"아!"

"이거 쓰던 거 아니에요. 오늘 처음 들고 나온 거예요."

"진짜 받아도 될지 모르겠어요."

여자들만의 대화가 이어지는 사이, 남자들의 대화도 이어졌
다.

"이번 메이저리그 올스타전에 박건 선수가 아니라 브라이언
할리데이가 출전한 것이 도무지 이해가 안 됩니다."

"거기에는 숨겨진 뒷이야기가 있습니다."

"숨겨진 뒷이야기요? 그게 뭡니까?"

"그게, 알려지면 곤란한 이야기라서……."

박건이 말끝을 흐리자, 라이엇 고슬링은 더욱 안달이 났다.

"내가 입이 진짜 무거운 편입니다. 절대 어디 가서 발설하지
않을 테니까 나에게만 알려줘요."

"정말 얘기하면 안 됩니다."

"그럼 비밀 유지 각서라도 쓸까요?"

"하하, 그 정도로 대단한 이야기는 아니고요. 사실 이번 올스
타전에 출전하기로 했던 건 저입니다."

"브라이언 할리데이가 아니라 박건 선수요?"

"네."

"그런데 왜 브라이언 할리데이가 올스타전에 출전한 겁니까?"

"제가 양보했습니다."

"왜 양보했습니까?"

"브라이언 할리데이도 훌륭한 선수이니까요."

"예전에는 좋은 선수였을지 몰라도 지금은……."

"혹시 클라스는 영원하다는 이야기, 들어보셨습니까?"

"물론 들어봤습니다."

"저는 그 말이 맞다고 생각합니다. 브라이언 할리데이는 여전히 훌륭한 선수입니다. 다만 슬럼프가 길어지면서 자신감을 잃어버렸기 때문에 부진했던 것이었죠. 만약 브라이언 할리데이가 자신감을 회복하면 다시 훌륭한 선수로 돌아올 수 있다는 확신을 갖고 있습니다. 그래서 브라이언 할리데이가 자신감을 회복할 수 있는 계기가 필요했는데… 그 계기가 마침 찾아왔습니다."

"그 계기가 올스타전 출전이란 겁니까?"

"그렇습니다."

라이엇 고슬링이 자신을 위해 레스토랑 예약을 취소하려는 호의를 베푼 덕분에 채선경과의 데이트를 망치지 않은 셈이었다.

그 호의에 대한 보답을 하고 싶었기에 박건은 일반인들은 알지 못하는 뒷이야기를 슬쩍 알려준 것이었다.

예상대로 라이엇 고슬링은 잔뜩 흥분한 기색이었다.

"방금 박건 선수와 대화를 나누고 나서 마이애미 말린스 구단을 인수하겠다는 제 꿈이 더욱 확고해졌습니다."

"왜입니까?"

"구단주가 되면 이런 흥미로운 뒷이야기를 많이 알 수 있을 테니까요."

재차 각오를 다지던 라이엇 고슬링이 박건을 바라보며 부탁했다.

"십 년, 아니, 오 년만 기다려 주십시오. 오 년 후에는 제가 꼭 마이애미 말린스 구단을 인수할 테니까요."

'원래 배우들이 돈을 이렇게 많이 버는 건가?'

마이애미 말린스는 무려 메이저리그 구단이었다.

대표적 스몰 마켓 구단이라고 하더라도 마이애미 말린스 구단을 인수하려면 엄청난 거액이 필요했다.

그런데 라이엇 고슬링은 자신이 마이애미 말린스를 오 년 후에 인수하겠다고 호언장담하고 있었다.

"제가 마이애미 말린스 구단주가 되면 박건 선수의 연봉을 확실히 올려 드리겠습니다. 제 생각엔 박건 선수가 현재 받고 있는 연봉이 터무니없을 정도로 적으니까요."

"벌써 기대되네요."

"하핫, 기대하셔도 됩니다."

"혹시 제 연봉이 워낙 적어서 밥을 한번 사주려고 마음먹으셨던 겁니까?"

"하핫, 그것도 맞습니다."

맛있는 음식, 좋은 분위기, 그리고 달콤한 와인까지.

좋은 사람들과 함께 하기에 즐거웠던 시간은 빠르게 흘러갔다.

"이제 일어나야겠네요."

"네, 저희도 막 일어나려던 참이었습니다. 덕분에 즐거웠습니다."

박건이 감사 인사를 건네자, 라이엇 고슬링이 화답했다.

"그럼 경기장에서 최고의 활약으로 보답해 주세요."

"물론입니다."

박건과 인사를 마친 라이엇 고슬링이 채선경의 앞으로 다가갔다.

환하게 웃으며 채선경과 인사를 나누던 라이엇 고슬링이 귓속말을 건넸다.

그 귓속말을 들은 채선경의 얼굴은 붉게 달아올라 있었다.

'무슨 얘길 한 거지?'

박건이 호기심을 느꼈을 때, 라이엇 고슬링이 제안했다.

"자, 이제 포토 타임입니다."

*　　　　*　　　　*

"처음 박건 선수를 만났을 때가 기억나네요."

채선경이 머물고 있는 호텔로 함께 걸어가던 도중, 그녀가 말했다.

"녹화를 하기 위해서 처음 만났었죠."

박건 역시 그녀와의 첫 만남을 기억하고 있었다.

'너와 나, 우리의 야구' 녹화장에서 채선경을 처음 만났을 때, 무척 설레었던 기억은 여전히 생생했다.

"제 첫인상은 어땠었나요?"

문득 호기심이 치밀어서 박건이 질문했다.

"솔직히 대답해도 돼요?"

"그렇게 말하니 갑자기 무서운데요. 혹시… 재수 없었나요?"

"재수 없진 않았어요. 그런데 이상하다고 생각했어요."

"어떤 점이 이상했나요?"

"저 사람은 대체 뭘 믿고 저렇게 자신만만할까? 박건 선수가 내보이는 자신감이 당시에는 근자감처럼 느껴졌어요."

"근자감이면…. 근거 없는 자신감처럼 느껴졌었다?"

"맞아요. 그런데… 근자감이 아니었어요."

"……?"

"청우 로얄스가 한국시리즈 우승을 차지할 것이다. 나는 청우 로얄스의 한국시리즈 우승을 이끌고 난 후 포스팅 시스템을 통해서 메이저리그에 진출할 것이다. 그리고 메이저리그에서 성공할 것이다. 당시에 박건 선수가 했던 이야기들. 사람들은 비

웃었지만, 결국 그때 했던 말들을 전부 지켰으니까요."

"운이 따랐어요."

"아니요. 이번에 미국으로 건너와 박건 선수의 평소 생활 패턴과 훈련 스케줄을 곁에서 지켜보고 난 후에 운이 따른 게 아니란 걸 깨달았어요. 이 사람은 말을 앞세우는 사람이 아니구나. 목표를 설정하고 난 후에 그 목표를 달성하기 위해서 미친 듯이 노력하는 사람이구나, 하는 걸요. 그래서 존경하는 마음이 생겼어요."

"저를… 요?"

"네."

호텔에 도착하며 쉬지 않고 이어지던 대화가 끊겼다.

"방 앞까지 모셔다 드릴게요."

이대로 채선경과 헤어지고 싶지 않았다.

조금이라도 더 그녀와 대화를 나누고 싶었고, 함께하는 시간을 늘리고 싶었다.

"사양하지 않을게요."

다행히 채선경이 제안을 수락했다.

일부러 평소보다 천천히 걸음을 옮겼다. 그렇지만 얼마 지나지 않아 그녀가 투숙하고 있는 호텔 방 앞에 도착했다.

이제 진짜 헤어져야 할 시간.

무슨 말로 작별을 고할지 박건이 고민하고 있을 때였다.

"꿈 같은 하루였어요."

채선경이 먼저 운을 뗐다.

"라이엇 고슬링, 그리고 다이아나 애그쉬를 만난 것만도 신기한 일인데 할리우드 톱배우들과 같이 식사까지 했다는 게 믿기지 않을 정도예요. 그렇지만 가장 좋았던 건… 박건 선수와 함께였단 거였어요."

"저도 좋았습니다. 예전에도 몇 번 말씀드린 적 있지만, 제가 채선경 아나운서의 팬이거든요."

"아까 라이엇 고슬링이 제게 무슨 말을 했는지 궁금하지 않아요?"

물론 궁금했다.

"무슨 얘길 하던가요?"

그래서 박건이 질문하자, 채선경이 상기된 얼굴로 대답했다.

"카이로스."

'카이로스?'

박건이 의문을 품었을 때, 이용운이 카이로스에 대해서 설명해 주었다.

"내 앞머리가 무성한 이유는 나를 발견한 사람들이 나를 쉽게 붙잡을 수 있기 위함이요. 뒷머리가 대머리인 이유는 지나간 나를 사람들이 다시는 붙잡지 못하도록 하기 위함이요. 내발에 날개가 달린 이유는 순식간에 사라져 버리기 위함이다. 나의 이름은 바로… 기회(chance)입니다."

"……?"

"내가 가장 좋아하는 격언 중 하나로 그리스 로마 신화에 등장하는 기회의 신인 카이로스의 외양에 관한 설명이다. 카이로스의 모습은 앞쪽 머리카락은 길지만 뒤쪽 머리카락은 없는 남성 신으로 표현된다. 기회가 찾아왔을 때 재빨리 잡지 않고 머뭇거리다가는 그 기회를 영원히 놓치고 만다는 것을 상징하는 형상이지."

그 설명 덕분에 박건이 카이로스에 대해 이해했을 때, 채선경의 이야기가 이어졌다.

"박건은 최고의 선수이자, 최고의 남자다. 최고의 선수이자 남자를 잡을 수 있는 기회는 자주 찾아오지 않는다. 이 기회를 놓치지 마라."

"……?"

"이게 라이엇 고슬링이 제게 귓속말로 건넸던 이야기에요."

후우.

크게 심호흡을 한 채선경이 망설이다가 입을 뗐다.

"그 이야기를 듣고 지금까지 계속 고민했어요. 그리고 막 결심했어요. 내게 찾아온 기회를 놓치지 않기로."

박건이 아무리 연애에 젬병이라고 해도 지금이 무척 중요한 순간이라는 것쯤은 짐작할 수 있었다.

그래서 잔뜩 긴장하고 있을 때, 채선경의 이야기가 이어졌다.

"나중에 고백을 한 것을 후회하게 될 수도 있겠지만, 지금 고백을 하지 않으면 더 후회할 것 같아요. 박건 선수의 수많은 팬들 중 한 명으로만 남고 싶지 않아요."

"저도요."

"네?"

"저도 채선경 아나운… 아니, 선경 씨를 좋아하는 수많은 팬들 중 한 명으로 남고 싶지 않습니다. 특별한 사람이 되고 싶습니다."

타격감이 최상일 때는 수 싸움 따위 필요치 않았다.

머리보다 몸이 먼저 반응하기 때문이다. 그리고 지금이 바로 그 상황이었다.

서로의 마음을 확인한 순간, 몸이 먼저 반응했다.

스윽.

박건이 한 걸음 다가가자, 채선경이 두 눈을 감았다.

파르르.

눈꺼풀이 떨리고 있는 채선경의 입술로 박건이 입을 가져갔다.

입술이 포개진 순간, 감전된 것처럼 짜릿한 감정이 휘몰아쳤다.

"저도 선경 씨를 좋아합니다."

짧은 입맞춤을 마친 후, 박건이 재차 고백했다.

양 뺨이 붉게 달아오른 채선경이 떨리는 목소리로 물었다.

"술 한잔 더 하고 갈래요?"

박건이 대답했다.

"아니요."

*   *   *

'다 차려진 밥상을 제 발로 걷어차는 머저리 같은 새끼!'

박건의 행태는 저절로 욕이 나올 정도로 한심하기 짝이 없었다.

"술 한잔 더 하고 갈래요?"

채선경의 유혹은 치명적이었다.

당연히 박건도 그 치명적인 유혹에 넘어갈 거라고 생각했는데.

박건은 "아니요"라고 대답했다.

예상치 못했던 대답이었기 때문일까.

채선경은 당황한 기색이 역력했다.

그렇지만 채선경보다 이용운이 더 당황했다.

박건이 이 정도로 한심한 머저리일 줄은 꿈에도 예상치 못했기 때문이었다.

'모태 솔로인 데는 이유가 있구나.'

원래 계획은 실컷 잔소리를 늘어놓고 다시 채선경이 투숙하고 있는 호텔 방으로 찾아가라고 설득, 혹은 협박을 하는 것이었다.

그러나 이용운은 도중에 마음을 바꾸었다.

'혹시… 나 때문인가?'

퍼뜩 머릿속을 스치고 지나간 생각 때문이었다.

'내가 지켜보고 있다는 사실을 알고 있기 때문에 눈물을 머금고 채선경의 유혹을 거절했던 게 아닐까?'

충분히 가능성이 있었다.

만약 입장이 바뀐다면 이용운 역시 무척 부담스러울 터였으니까.

'나 때문이었어.'

가능성은 이내 확신으로 바뀌었다.

아쉬움이 많이 남아서일까.

숙소로 돌아온 박건은 혼자서 맥주를 마시기 시작했다.

"왜… 그랬냐?"

이용운이 맥주를 마시는 박건에게 물었다.

"그게 맞는 것 같아서요."

'목소리가… 밝다?'

내심 예상했던 것보다 대답하는 박건의 목소리는 밝았다.

"뭐가 맞단 거냐?"

"지금은 너무 이르단 생각이 들었습니다."

박건에게서 대답이 돌아왔다.

"월드시리즈 우승을 차지한 후에 제가 정식으로 초대하겠습니다."

술을 한잔 더 하자는 제안을 했다가 거절당하고 당황한 기색인 채선경에게 박건이 꺼냈던 말이었다.

"못 하면?"

"네?"

"월드시리즈 우승을 차지하지 못하면 어쩔 거냐고 물은 것이다."

여기까지는 가정해 보지 않았기 때문일까.

박건은 대답을 꺼내지 못했다.

그 반응을 지켜보던 박건이 말했다.

"카이로스 이야기, 기억하지?"

"네? 네."

"기회는 자주 찾아오지 않는다. 그리고 어렵게 찾아온 기회를 잡지 않고 머뭇거리다가는 영원히 놓치게 된다."

"무슨 말씀이신지……?"

"기회를 놓치지 말란 뜻이다."

"그러니까… 너무 오래 기다리게 만들면 안 된다는 뜻인가요?"

"맞다."

"올 시즌에 무슨 수를 써서라도 월드시리즈 우승을 차지해야겠네요."

말뜻을 이해한 박건이 월드시리즈 우승을 차지하겠다는 각오를 재차 다졌다.

"그게 결코 쉬운 일이 아니란 게 문제지."

이용운이 지적하자, 박건이 말했다.

"그래서 선배님의 도움이 절실합니다."

"나도 최선을 다하마. 후배가 내 전철을 밟는 것은 바라지 않으니까. 그리고 채선경 아나운서는 놓치기 아까운 여자니까."

이용운이 말을 마친 후 짧막한 한숨을 내쉬었다.

'이 녀석과 이별할 날짜가 정해진 셈이구나.'

올 시즌에 마이애미 말린스가 월드시리즈 우승을 차지한다고 하더라도, 박건과 채선경의 관계는 더 깊어지기 힘들었다.

자신의 존재는 박건을 계속 망설이게 할 터였기 때문이었다.

이 문제의 해법은 딱 하나.

자신이 떠나야 하는 것이었다.

'나쁘지 않았어.'

박건과 영혼의 파트너가 된 것이 좋았다.

지금까지는 서로 윈윈하는 관계였다.

'최고의 순간에 작별을 하자.'

이제 남은 숙제 몇 가지를 더 해결하고 박건과 아름답게 작별하는 것만 남았다는 생각이 들었다.

'월드리시즈 우승이라, 까짓것 해보자.'

이용운도 월드시리즈 우승에 대한 각오를 다졌다.

＊　　　　　＊　　　　　＊

올스타 브레이크가 끝난 후, 마이애미 말린스에는 꽤 큰 폭의 변화가 있었다.

가장 큰 변화는 새로운 선수들의 합류였다.

앤서니 쉴즈, 그리고 조던 픽스.

우선 지난 시즌 박건과 함께 청우 로얄스에서 뛰었던 두 선수가 마이애미 말린스에 새로이 합류했다.

'전력 상승 요인!'

박건은 앤서니 쉴즈와 조던 픽스의 합류가 무척 반가웠다.

즉시 전력감이라 할 수 있는 두 선수가 합류하면서 마이애미 말린스의 전력이 상승했기 때문이었다.

그러나 우려되는 부분도 있었다.

더블 A 수준이라 평가받고 있는 KBO 리그에 속한 청우 로얄스에서 활약하다가 시즌 도중에 방출당한 선수들.

이게 앤서니 쉴즈와 조던 픽스가 처한 현실이었다.

그런데 두 선수는 메이저리그 계약을 맺자마자 바로 로스터에 합류했다.

그로 인해 기존 선수들이 반감을 갖거나 텃세를 부리는 것이 박건이 우려하고 있는 부분이었다.

하지만 이 부분은 박건이 해결할 수 있는 부분이 아니었다.

앤서니 쉴즈와 조던 픽스가 스스로 해결해야 하는 부분이었다.

"건, 이게 네가 사용하는 라커야?"

"맞아."

"라커 위치 끝내주는데. 게다가 두 칸을 다 사용하고 있어."

앤서니 쉴즈와 조던 픽스가 가장 흥미를 느낀 것은 자신이 사용하고 있는 라커의 위치였다.

그들 역시 라커의 위치가 팀 내 서열을 알려주는 것임을 알고 있기 때문이었다.

"진짜 성공했네."

앤서니 쉴즈가 엄지를 추켜올렸을 때였다.

"자격이 있지."

박건의 옆 라커를 사용하는 브라이언 할리데이가 다가오며 말했다.

'자격이 있다?'

그 이야기를 들은 박건이 희미한 미소를 머금었다.

잭 대니얼스 단장의 배려로 LA 다저스로 이적한 이안 카스트로가 사용하던 라커를 사용하기 시작했을 때, 브라이언 할리데이가 불만을 표출했던 것을 박건은 알고 있었다.

그런데 올스타 브레이크가 끝나고 난 후 돌아온 브라이언 할리데이의 반응은 달라졌다.

박건에게 이 라커를 사용할 자격이 있다고 말했다.

'달라지긴 했네.'

박건이 속으로 생각했을 때, 브라이언 할리데이가 앤서니 쉴 즈와 조던 픽스에게 짤막한 인사를 건넸다.

"우리 팀의 일원이 된 것을 환영한다."

그 짤막한 인사 후, 브라이언 할리데이가 소리쳤다.

"자, 모두 주목."

이안 카스트로가 팀을 떠난 후, 현재 팀 내 최고참은 브라이 언 할리데이였다.

그의 외침을 들은 선수들이 모두 주목했다.

"앤서니 쉴즈와 조던 픽스. 두 선수가 우리 팀에 합류했다. 대충 알겠지만 얼마 전까지 KBO 리그에서 뛰었었어. 솔직히 말하면 난 KBO 리그를 무시했었다. 더블 A 수준 선수들이 뛰 는 무대라고 평가했거든. 그런데 내 생각이 틀렸다는 걸 박건 덕분에 깨달았다. 박건 역시 KBO 리그에서 뛰었으니까. 그래 서 미리 말해두지만 팀에 새로 합류한 선수들을 무시하거나 텃 세를 부릴 생각은 하지 마. 알아들었지? 지금 우리 팀은 텃세를 부릴 때가 아냐. 다 함께 힘을 합쳐서 지구 우승이란 목표를 향해서 달려가야 할 때이니까."

'이제 본인이 할 일을 깨달았네.'

이안 카스트로가 팀을 떠난 상황.

현재 마이애미 말린스의 최고참인 브라이언 할리데이가 선수들을 다독이며 팀 분위기를 이끌어야 했다.

하지만 지금까지는 그 역할을 하지 못했었는데.

올스타 브레이크가 끝난 후, 브라이언 할리데이는 그 역할을 하기 시작했다.

'걱정하지 않아도 되겠네.'

이안 카스트로가 미리 엄포를 늘어놓았기 때문에 기존 선수들이 앤서니 쉴즈와 조던 픽스에게 반감을 드러내거나 텃세를 부릴 가능성은 낮아진 셈이었다.

해서 박건이 내심 안도하고 있을 때였다.

"건, 안 그래?"

브라이언 할리데이가 물었다.

"대부분 맞는 말인데 하나가 틀렸어."

박건이 틀린 부분이 있다고 지적하자, 브라이언 할리데이가 호기심을 드러냈다.

"어느 부분이 틀렸지?"

"지구 우승."

"……?"

"지구 우승이 아니라 월드시리즈 우승을 목표로 달려가야지."

제8장

뉴욕 메츠와의 3연전.

필라델피아 필리스와의 3연전.

아메리칸 리그에 속한 팀들과 맞대결을 펼치는 인터리그 경기들.

정규 시즌 후반기가 시작된 후 마이애미 말린스의 경기 일정이었다.

"최상의 대진이다."

이용운은 마이애미 말린스의 후반기 대진표를 확인한 후 이렇게 평가했다. 그리고 최상의 대진이라고 평가한 이유를 이렇게 밝혔다.

"반격의 시작은 은밀해야 하니까. 아무도 주목하지 않는 가운데 승수를 최대한 쌓아나가야 한다."

$$*\qquad *\qquad *$$

〈마이애미 말린스 선발 라인업〉

1. 브라이언 마일스.
2. 피터 알론소.
3. 폴 잭슨.
4. 박건.
5. 커티스 그랜더슨.
6. 브라이언 할리데이.
7. 앤서니 쉴즈.
8. 제이 콥스.
9. 샌디 알칸트라.

Pitcher. 샌디 알칸트라.

뉴욕 메츠와의 3연전 시리즈 1차전을 앞두고 조 매팅리 감독이 발표한 선발 라인업이었다.

가장 눈에 띄는 것은 새로이 선발 라인업에 합류한 앤서니 쉴즈와 제이 콥스, 두 선수의 이름이었다.

앤서니 쉴즈는 데릭 로이스를 대신해서 1루수로 선발 출전했고, 제이 콥스는 닐 워커를 대신해서 3루수로 출전했다.

'얼마나 바뀔까?'

앤서니 쉴즈가 메이저리그에서도 KBO 리그 시절만큼 좋은 활약을 펼칠 수 있는가?

제이 콥스가 어느 정도의 활약을 펼칠 것인가?

변수들이 많았기에 확신을 가질 순 없었다.

'기대가 된다!'

그렇지만 박건이 기대감을 품었을 때, 경기가 시작됐다.

＊　　　　＊　　　　＊

노아 신더가드는 메이저리그 올스타전에 출전했던 상황.

뉴욕 메츠의 신임 감독인 러셀 빌라스는 3연전 1차전 선발투수로 제이콥 디그롬을 내세웠다.

뉴욕 메츠의 현재 순위는 내셔널리그 동부 지구 4위.

마이애미 말린스의 현재 순위는 내셔널리그 동부 지구 5위.

양 팀의 격차는 반 경기였다. 그리고 오늘 경기 결과에 따라서 지구 최하위가 바뀔 수 있었다.

1회 초 마이애미 말린스의 공격.

리드오프 브라이언 마일스는 1볼 1스트라이크의 볼카운트에서 3구째에 기습 번트를 감행했다.

슈악.

틱. 데구르르.

브라이언 마일스가 기습 번트에 능숙하지 않다는 사실을 알고 있기 때문일까.

정상 수비를 펼치고 있던 3루수가 급히 전진하며 번트 타구를 맨손으로 잡아서 1루로 송구했다. 그러나 브라이언 마일스는 빠른 발을 뽐내며 여유 있게 1루에서 세이프 선언을 받았다.

"이번엔 번트를 아주 잘 댔네요."

더그아웃에서 브라이언 마일스가 번트를 대는 모습을 지켜보았던 박건이 감탄했다.

브라이언 마일스의 약점 중 하나가 번트에 능숙하지 못하다는 것이었다.

하지만 이번에는 달랐다.

뉴욕 메츠 3루수가 기습 번트를 의식하고 있었다고 해도 번트 타구를 처리해서 1루에서 아웃을 시키는 것이 어려울 정도로 강약과 코스 조절이 절묘했다.

"연습했으니까."

그 평가를 들은 이용운이 말했다.

"연습… 요?"

"브라이언 마일스는 번트 연습에 투자하는 시간을 조금씩 늘렸다. 그리고 이번 올스타 브레이크 기간 동안 집중적으로 번트 연습을 했지. 그 연습의 성과가 실전에서 나타난 것이다."

'머잖아 메이저리그 최고의 리드오프 중 한 명이 되겠구나.'

브라이언 마일스는 발이 빠르고 선구안도 나쁘지 않은 편이었다.

유일한 약점은 번트에 능숙하지 않다는 것이었는데.

이제 그 약점마저도 지워가고 있었다.

무사 1루 상황에서 2번 타자 피터 알론소가 타석에 등장했다. 그리고 제이콥 디그롬의 초구를 공략했다.

슈악.

타다닷.

제이콥 디그롬이 카운트를 잡기 위해서 초구로 슬라이더를 구사한 순간, 1루 주자 브라이언 마일스가 스타트를 끊었다.

단독 도루 시도가 아니었다.

런앤드히트 작전이 걸린 것이었다.

딱.

피터 알론소가 침착하게 밀어 때린 땅볼 타구가 1, 2루 간으로 향했다.

원래라면 2루수 정면으로 향했을 타구.

그러나 브라이언 마일스가 일찌감치 스타트를 끊었기 때문에 2루수는 2루 베이스 근처로 이동해 있었다.

덕분에 피터 알론소의 타구는 넓어진 1, 2루 간을 꿰뚫고 외야로 빠져나갔다.

우전 안타가 만들어진 사이, 1루 주자 브라이언 마일스는 여유 있게 3루에 안착했다.

무사 1, 3루.

1회 초부터 절호의 득점 기회가 찾아온 순간, 박건이 대기타석으로 걸어가기 전 고개를 돌렸다.

런앤드히트 작전이 통했기 때문일까.

조 매팅리 감독은 만족스러운 미소를 짓고 있었다.

'이제 파악이 어느 정도 됐네.'

2 대 4 트레이드를 통해서 박건을 포함한 네 선수가 뉴욕 메츠에서 마이애미 말린스로 이적한 지도 꽤 시간이 흘러 있었다.

그사이 조 매팅리 감독은 선수들의 장단점 파악을 어느 정도 마쳤기 때문에 후반기가 시작되자마자 자신감을 갖고 작전을 펼치기 시작한 것이었다.

'이것 역시 전력 상승 요인.'

대기타석에 들어선 박건이 3번 타자 폴 바셋과 제이콥 디그롬이 펼치는 대결을 바라보았다.

2볼 1스트라이크.

4구째 공을 던지기 전 신중하게 포수와 사인을 교환하던 제이콥 디그롬은 1루 주자를 신경 쓰고 있었다.

피터 알론소의 리드폭이 무척 컸기 때문이었다.

2루가 비어 있는 상황.

게다가 3루 주자인 브라이언 마일스는 발이 무척 빠른 주자였다.

그로 인해 피터 알론소의 도루 시도가 신경이 쓰이는 것이었다.

슈아악.

그래서일까.

제이콥 디그롬은 4구째에 피치아웃을 선택했다. 그러나 피터 알론소가 스타트를 끊지 않은 탓에 피치아웃을 선택한 것은 공 하나를 버린 결과가 됐다.

3볼 1스트라이크.

슈아악.

불리한 볼카운트에 몰린 제이콥 디그롬은 5구째에 바깥쪽 직구를 선택했다.

"볼넷."

그러나 너무 낮게 형성된 탓에 폴 바셋에게 사사구를 허용했다.

결과적으로 피치아웃을 한 것이 악수가 된 셈이었다.

무사 만루 상황에서 박건이 타석에 들어섰다.

'초구부터 노린다.'

기다릴 생각은 없었다.

'직구!'

박건이 대충 수 싸움을 마쳤을 때, 제이콥 디그롬이 초구를 던졌다.

슈아악.

바깥쪽 꽉 찬 코스로 파고드는 직구를 놓치지 않고 박건이 힘껏 배트를 휘둘렀다.

따악.

'제대로 걸렸다!'

만루 홈런을 기대하며 박건이 타구의 궤적을 살폈다. 그렇지만 박건의 기대와 달리 타구는 마지막 순간에 뻗지 못하고 펜스 앞에서 잡혔다.

타다닷.

좌익수가 펜스 앞에서 타구를 잡은 순간, 3루 주자 브라이언 마일스가 태그업을 시도해서 여유 있게 홈으로 파고들었다.

1—0.

선취점을 올리는 외야플라이를 때려내며 타점을 올렸음에도 박건은 웃지 못했다.

자신에게 맡겨진 해결사 임무를 제대로 수행하지 못했다는 실망감이 박건이 웃지 못한 첫 번째 이유.

후속 타자들을 믿을 수 없다는 것이 박건이 웃지 못한 두 번째 이유.

그런 박건의 우려대로 경기는 진행됐다.

슈악.

부우웅.

"스트라이크아웃."

5번 타자 커티스 그랜더슨이 헛스윙 삼진으로 물러나며 1사 1, 2루 상황이 2사 1, 2루 상황으로 바뀌었다. 그리고 타석에 들어선 것은 브라이언 할리데이였다.

"어떻게 될까요?"

예전이었다면 브라이언 할리데이에게 전혀 기대하지 않았을 것이었다. 그러나 브라이언 할리데이가 변할 수 있는 계기가 있은 후였다.

실제로 올스타 브레이크 후 돌아온 브라이언 할리데이는 라커 룸 리더 역할을 떠맡았고, 훈련하는 태도도 적극적으로 바뀌어 있었다.

"첫 술에 배부를 수는 없다. 그러니 너무 큰 기대는 하지 마라."

이용운이 자신 없는 목소리로 대답했다.

해서 박건도 기대치를 낮췄을 때였다.

슈아악.

따악.

브라이언 할리데이는 몸 쪽 직구가 높게 형성된 것을 놓치지 않고 받아쳤다.

투수의 곁을 스치고 지나간 땅볼 타구는 빠르게 외야로 빠져나갔다.

아쉬운 점은 워낙 배트 중심에 잘 맞은 터라 타구의 속도가 빨랐던 탓에 2루 주자였던 피터 알론소가 3루에서 멈춰 섰다는 것이었다.

다시 만루 찬스에서 타석에 들어선 것은 앤서니 쉴즈였다.

'어떻게 될까?'

앤서니 쉴즈에게는 메이저리그 첫 타석.

첫 타석부터 만루 찬스가 찾아와 있었다.

'긴장해서 자기 스윙을 못 하지 않을까? 아니, 앤서니 쉴즈는 배짱이 좋으니까 긴장하지 않고 자기 스윙을 할 수도 있어.'

머릿속으로 분주히 계산하던 박건이 희미한 미소를 머금었다.

앤서니 쉴즈는 7번 타자.

예전의 마이애미 말린스 하위 타선은 허약했다.

그래서 아예 기대조차 되지 않았었는데.

지금은 자신이 기대하며 지켜보고 있다는 사실을 뒤늦게 알아챈 것이었다.

슈아악.

그때, 제이콥 디그롬이 앤서니 쉴즈를 상대로 초구를 던졌다.

따악.

바깥쪽 낮은 코스로 제구가 잘 된 직구를 앤서니 쉴즈가 받아친 순간, 박건이 벌떡 일어났다.

정타임을 직감했기 때문이었다.

배트 중심에 걸린 타구는 쭉쭉 뻗어나가 우중간을 꿰뚫었다.

앤서니 쉴즈의 타구는 펜스까지 굴러갔고, 그사이 2사 후였기에 일찌감치 스타트를 끊었던 루상의 주자들이 모두 홈으로 파고들었다.

휙.

메이저리그 첫 타석에서 주자 일소 2루타를 때려낸 앤서니 쉴즈가 주먹을 불끈 움켜쥔 팔을 허공에 들어 올렸다.

"역시 배짱이 있네."

박건이 환하게 웃으며 혼잣말을 꺼냈을 때였다.

"앤서니 쉴즈에게는 무척 중요한 타석이었다. 첫 타석에서 메이저리그 최고 투수 중 한 명인 제이콥 디그롬을 상대로 3타점 적시 2루타를 때려낸 덕분에 앤서니 쉴즈는 스스로 갖고 있던 의구심을 지웠거든. 내 스윙이 메이저리그도 통한다. 의구심을 버리고 자신감을 얻었지. 다만⋯⋯."

"다만 뭡니까?"

"앞으로 잘난 척을 엄청 할 게다. 그걸 들을 생각을 하니 벌써부터 심란하구나."

이용운이 한숨을 내쉬었다.

그렇지만 박건은 미리 걱정하지 않았다.

앤서니 쉴즈가 앞으로도 이렇게 맹활약을 펼쳐만 준다면, 잘난 척하는 것쯤은 얼마든지 참고 들어 줄 의향이 있었기 때문이었다.

4—0.

앤서니 쉴즈의 주자 일소 적시 2루타 덕분에 스코어는 금세 넉 점 차로 벌어졌다.

1회 초부터 난타를 당하자, 뉴욕 메츠 선발투수인 제이콥 디그롬은 당황하고 흥분한 기색이 역력했다. 그리고 흥분은 실투로 이어졌다.

1볼 1스트라이크.

슈악.

타석에 서 있는 제이 콥스를 상대하던 제이콥 디그롬은 바깥쪽 슬라이더를 구사했다. 그러나 제구가 뜻대로 되지 않으며 한가운데로 몰렸다. 그리고 타석에 들어서 있던 제이 콥스는 실투를 놓치지 않았다.

따악.

배트 중심에 걸린 타구는 점프 캐치를 시도한 2루수의 글러브를 넘기며 우전 안타가 됐다. 그사이 2루 주자였던 앤서니 쉴즈가 홈으로 파고들었다.

5—0.

마이애미 말린스가 추가 득점을 올린 순간, 뉴욕 메츠의 감독인 러셀 빌라스가 더 참지 못하고 더그아웃을 박차고 나왔다.

'스윙이 군더더기 없이 깔끔해.'

그사이 박건이 추가점을 올리는 적시타를 터뜨린 제이 콥스에게 새삼스러운 시선을 던졌다.

물론 제이 콥스가 적시타를 때린 공은 제이콥 디그롬의 실투였다.

 하지만 실투를 놓치지 않는 것도 실력이었다.

 그동안 마이애미 말린스의 하위 타순에 포진해 있던 타자들이 실투도 공략하지 못하고 흘려보냈던 것을 감안하면 이것만으로도 감지덕지할 일이었다.

 '상하위 타순의 불균형이 어느 정도 해소됐어.'

 앤서니 쉴즈와 제이 콥스.

 새로운 얼굴의 등장과 브라이언 할리데이의 각성이 시너지 효과를 일으키며, 마이애미 말린스 타선의 가장 큰 문제였던 상하위 타선의 불균형이 어느 정도 해소된 모양새였다.

 '오늘 경기는 우리가 잡았어.'

 박건이 오늘 경기 승리를 직감한 순간이었다.

 "어마어마했던 나의 메이저리그 첫 타석을 지켜봤는가?"

 추가 득점을 올리고 더그아웃으로 돌아온 앤서니 쉴즈가 박건에게 소리쳤다.

 '앞으로 심심하지는 않겠네.'

 잔뜩 흥분한 앤서니 쉴즈를 바라보던 박건이 픽 하고 실소를 터뜨렸다.

*   *   *

1차전 최종 스코어 12—1.

2차전 최종 스코어 8—6.

마이애미 말린스는 뉴욕 메츠와의 3연전 1차전과 2차전을 모두 승리하면서 위닝시리즈를 확보했다.

그리고 3차전.

3—1.

8회가 끝났을 때의 스코어였다.

'스윕을 거둘 가능성이 높아.'

두 점 차의 리드를 잡은 상황.

마무리 투수인 브래들리 쿡이 등판한다면 오늘 경기마저 승리를 거두고 스윕을 거둘 가능성이 높다고 박건이 판단했을 때였다.

"뉴욕 메츠는 이제 연습 경기 상대도 안 되는구나."

이용운이 못마땅한 목소리를 꺼냈다.

박건이 고개를 끄덕였다.

지구 최하위로 추락해 버린 뉴욕 메츠의 전력은 약했다.

3연전 시리즈를 치르는 과정에서 마이매미 말린스는 특별한 위기조차 없이 1차전과 2차전에서 승리했다.

2차전의 최종 스코어는 8—6.

얼핏 듣기에는 접전처럼 느껴졌지만, 실상은 달랐다.

마이애미 말린스의 타선이 폭발하면서 8—2까지 큰 격차를 벌렸고, 뉴욕 메츠는 승기를 빼앗긴 9회 말에 부진에 빠져 있는

불펜투수 에디 라렌을 상대로 3점을 올리며 뒤늦은 추격전을
펼쳤을 뿐이었다.

"필라델피아 필리스와 붙어봐야 마이애미 말린스의 달라진
전력을 제대로 점검할 수 있겠구나."

이용운이 말을 마친 순간, 9회 초 2사 주자 없는 상황에서
타석에 등장한 폴 바셋이 뉴욕 메츠의 4번째 투수인 잭 스튜어
트를 상대로 중전안타를 터뜨렸다.

'내게도 공격 기회가 왔네.'

대기타석에 서 있던 박건이 두 눈을 빛냈을 때였다.

"집중해라."

이용운이 충고 후 덧붙였다.

"조던 픽스에게도 등판 기회를 한 번 줘야 할 것 아니냐?"

그 이야기를 들은 박건이 고개를 끄덕였다.

앤서니 쉴즈는 뉴욕 메츠와의 3연전 시리즈에 모두 선발 출
전 했다.

12타석 11타수 4안타 1볼넷.

그 3연전에서 앤서니 쉴즈가 타석에서 남긴 기록.

앤서니 쉴즈는 LA 다저스로 이적한 이안 카스트로의 대체자
가 될 수 있다는 가능성을 선보인 셈이었다.

하지만 앤서니 쉴즈와 함께 마이애미 말린스에 합류한 조던
픽스는 아직 등판 기회를 얻지 못했다.

1차전과 2차전 모두 일찌감치 점수 차가 크게 벌어졌기 때문

이었다.

'여기서 4점 차로 벌어지면?'

2차전에서 9회 말에 등판했던 에디 라렌이 부진한 투구로 3실점을 하며 석 점 차까지 쫓겼던 탓에, 원래 등판 계획이 없었던 마무리 투수 브래들리 쿡까지 투입했었다.

갑작스러운 등판이었기 때문일까.

브래들리 쿡은 세이브를 올리는 데 성공하긴 했지만, 투구 내용은 불안했다.

사사구 하나, 피안타 두 개를 허용하며 1실점을 했고, 그 과정에서 브래들리 쿡의 투구 수는 30개에 육박했다.

조 매팅리 감독 입장에서는 브래들리 쿡에게 연투를 시키지 않는 것이 최선.

만약 9회 초에 마이애미 말린스가 추가 득점을 올리는 데 성공한다면, 브래들리 쿡 대신 다른 불펜투수를 마운드에 올릴 가능성이 높았다.

'넉 점 차면 딱 좋겠군.'

타석에 들어선 박건이 떠올린 생각이었다.

조던 픽스는 베테랑 투수.

그렇지만 메이저리그 경험은 전무하다시피 했다.

당연히 메이저리그 마운드에 처음 오르면 신인 투수처럼 긴장할 터.

그래서 기왕이면 박빙의 승부가 아니라, 점수 차가 적당히 벌어진 부담이 덜 한 상황에서 마운드에 올라와서 메이저리그 데뷔전, 아니, 복귀전을 치르는 편이 좋았다.

그렇지만 점수 차가 너무 크게 벌어진 상황에서 등판하는 것도 좋지 않았다.

'감독이 날 중요하게 여기지 않는구나.'

이렇게 실망할 가능성이 높아서였다.

그래서 박건은 넉 점 차 정도가 딱 적당하다고 판단했다.

"환영 선물을 줘야지."

박건이 잔뜩 집중한 채 타석에 들어섰다.

슈악.

따악.

그런 박건이 잭 스튜어트가 2구째로 던진 포크볼을 걷어 올렸다.

높게 떠오른 타구는 좌중간 펜스를 훌쩍 넘기고 난 후에 떨어졌다.

5—1.

박건이 투런홈런을 때려내며 점수 차는 넉 점으로 벌어졌다.

이어진 9회 말 뉴욕 메츠의 공격, 박건의 기대대로 조던 픽스가 마운드로 걸어 올라왔다.

＊　　　　　＊　　　　　＊

후우.

9회 말에 마운드에 오른 조던 픽스가 심호흡을 했다.

그렇지만 크게 심호흡을 해봐도 가슴이 터질 것 같은 긴장감과 흥분은 좀처럼 사라지지 않았다.

'해보자.'

메이저리그 진출이라는 오랜 꿈이 이뤄진 상황.

이제 남은 숙제는 메이저리그에서 생존하는 것이었다.

즉, 자신의 가치를 증명해야 했다.

조던 픽스가 메이저리그에 복귀해서 만난 첫 상대 타자인 뉴욕 메츠의 4번 타자 로빈슨 카누를 바라보고 있을 때, 포수인 브라이언 할리데이가 사인을 냈다.

흔들.

브라이언 할리데이가 초구로 바깥쪽 슬라이더를 요구했지만, 조던 픽스는 고개를 흔들었다. 뒤이어 커브와 포크볼을 던지라는 사인을 브라이언 할리데이가 냈지만, 조던 픽스는 계속 고개를 흔들었다.

끄덕.

브라이언 할리데이가 직구를 던지라는 사인을 내고 난 후에야 조던 픽스가 고개를 끄덕였다.

'내 공은 메이저리그에서도 통한다!'

이런 확신을 가진 채 힘차게 와인드업을 했다.

슈아악.

포수가 미트를 갖다 대고 있는 바깥쪽 코스로 제구된 채 파고드는 직구.

따악.

그때, 로빈슨 카누가 배트를 휘둘렀다.

'밀렸어.'

조던 픽스는 이렇게 확신했다.

그렇지만 그 확신은 빗나갔다.

타구는 2루수의 키를 넘기는 우전 안타가 됐다.

조던 픽스가 살짝 당황한 채 다음 타자인 윌슨 라모스를 상대했다.

흔들.

흔들.

사인을 교환하는 과정에서 두 차례 고개를 흔들었던 조던 픽스가 브라이언 할리데이가 세 번째로 직구 사인을 냈을 때야 고개를 끄덕였다.

'조금 높았어. 낮게 제구만 되면 내 공을 못 칠 거야.'

메이저리그에서도 자신의 직구가 통한다는 사실을 확인하고 싶었다.

슈아악.

그래서 조던 픽스는 윌슨 라모스를 상대로 초구로 몸 쪽 낮은 코스의 직구를 던졌다.

'완벽하게 제구됐어.'

슈아악.

아까보다 더 낮은 코스에 형성된 직구.

윌슨 라모스가 정타를 만들어내지 못할 거라고 예상했는데.

그 예상은 또 한 번 빗나갔다.

따악.

경쾌한 타격음과 함께 윌슨 라모스의 타구는 중견수 앞에 떨어지는 중전안타가 됐다.

역시 배트 중심에 걸린 정타.

연속 안타를 허용한 조던 픽스가 당황했다.

'내 공이 통하지 않는다?'

내 공이 메이저리그에서도 통할 거란 확신이 사라졌기 때문이었다. 그리고 확신이 사라지자 두려움이 밀려들었다.

*   *   *

153km의 구속.

스트라이크존 구석을 파고드는 제구.

KBO 리그에서 활약하던 타자들이 공략하긴커녕 배트에 맞히는 것조차 힘들어하던 자신의 공이었다. 그런데 메이저리그 타자들은 손쉽게 정타를 만들어냈다.

메이저리그 타자들이 괴물처럼 느껴지며, 공포감이 생긴다.

그 공포감에 뒤이어 초조함이 깃든다.

9회 말 넉 점 차의 리드를 지키라는 미션을 부여받고 마운드에 올라왔다. 그런데 마운드에 오르자마자 두 타자에게 연속 안타를 허용했다.

마이애미 말린스의 마무리 투수인 브래들리 쿡이 지금쯤 몸을 풀기 시작했으리라.

이 리드를 내 힘으로 지키지 못한다면?

감독인 조 매팅리에게도, 선수들에게도 신뢰를 잃어버릴 거란 초조함이 가슴속을 잠식한다.

무사 1, 2루 상황.

타석에 들어서 있는 것은 제프 맥나일이다.

끄덕.

포수 브라이언 할리데이의 요구대로 커브를 던진다.

슈악.

그가 요구한 것은 바깥쪽 낮게 떨어지는 커브.

그러나 제구가 뜻대로 되지 않았다.

바깥쪽으로 크게 벗어난 커브는 홈 플레이트 근처에서 바운드까지 일으켰다.

'폭투?'

최악의 경우를 가정한 조던 픽스의 머릿속이 아득해지려는 순간, 브라이언 할리데이가 필사적으로 블로킹을 성공시킨다.

'후우.'

브라이언 할리데이의 가슴에 맞은 공이 앞으로 떨어지는 것을 확인하고서 조던 픽스가 겨우 안도의 한숨을 내쉬었다.

브라이언 할리데이가 2구째로 요구한 구종은 슬라이더.

흔들.

그러나 조던 픽스는 고개를 흔든다.

제구가 뜻대로 되지 않는 상황.

슬라이더를 던지다가는 장타를 허용할 수도 있단 생각이 깃들어서였다.

'힘으로 찍어 눌러야 해.'

더 빠른 직구로 승부하는 것이 최선이란 생각을 가진다.

흔들.

흔들.

아쉬운 점은 브라이언 할리데이가 직구 사인을 내지 않는다는 것이었다.

슬라이더와 포크볼 사인을 잇따라 냈던 브라이언 할리데이가 계속 고개를 흔드는 자신을 확인한 후 벌떡 일어서서 마운드로 걸어 나온다.

'기분이 상했나?'

브라이언 할리데이 입장에서 자신은 갓 메이저리그에 데뷔한 신인 투수에 불과했다.

그런데 계속 고개를 흔들어서 기분이 상했을 가능성은 충분했다.

거기까지 생각이 미친 조던 픽스가 긴장하고 있을 때였다.

"네 직구가 좋다는 건 알고 있다. 그런데 순서가 바뀌었다."

다행히 브라이언 할리데이는 화가 난 기색은 아니었다.

차분한 목소리로 이야기를 꺼냈다.

'순서가 바뀌었다? 무슨 뜻이지?'

조던 픽스가 이야기를 듣고 난 후 의문을 품었을 때, 브라이언 할리데이가 설명을 더했다.

"문제는 뉴욕 메츠 타자들이 직구만 노리고 타석에 들어선다는 점이다. 그래서 직구가 자꾸 맞아나가는 거지."

'그래서였구나. 그럼 직구를 배제해야 하나?'

자신이 던진 직구가 공략당하는 이유를 알아챈 조던 픽스가 직구를 배제하는 것에 대해서 고민할 때였다.

"아까도 말했듯이 네 직구는 좋다. 그래서 순서를 바꾸자는 거지. 브레이킹볼 계열로 타자들의 타이밍을 빼앗으며 타자들에게 혼란을 준 뒤에 직구를 구사하면 직구의 위력이 배가될 것이다."

'정말 그럴까?'

조던 픽스가 확신을 갖지 못하고 망설일 때였다.

"날 믿고 던져라."

브라이언 할리데이가 덧붙였다.

자신이 내는 사인을 믿고 공을 던지라는 의미였다.

'베테랑의 경험은 무시할 수 없지.'

잠시 후, 조던 픽스가 결정을 내렸다.

메이저리그의 터줏대감 중 한 명인 브라이언 할리데이의 경험을 믿는 게 맞다는 판단을 했기 때문이었다.

끄덕.

조던 픽스가 고개를 끄덕인 후에야 브라이언 할리데이가 몸을 돌렸다. 그렇지만 마운드를 방문한 것은 브라이언 할리데이만이 아니었다.

앤서니 쉴즈도 슬그머니 마운드에 다가와 있었다.

"쫄았어?"

"뭐?"

"벌써 겁먹은 것 아니지?"

"누가 겁을 먹었다고……?"

"아까 커브 던지는 것 보니까 완전히 쫄았던데?"

조던 픽스가 반박하지 못하고 얼굴을 붉혔다.

브라이언 할리데이의 기민한 블로킹이 아니었다면 하마터면 폭투가 될 뻔했을 정도로 아까 던졌던 커브는 제구가 전혀 되지 않았었다. 그리고 제구가 전혀 되지 않았었던 이유는 앤서니 쉴즈의 추측대로 겁을 집어먹어서였다.

'직구도 통하지 않는데 내 커브가 과연 통할까? 가운데로 몰리면 장타를 허용하는 것이 아닐까?'

두려움으로 인해 철저하게 바깥쪽으로 코너워크를 가져가야

한다는 생각이 지나치게 강해져서 커브가 크게 빠졌던 것이었다.

그때, 앤서니 쉴즈가 다시 입을 뗐다.

"건이 이런 말을 했어."

"무슨 말을 했지?"

"메이저리그도 별것 아니다. 내가 메이저리그를 씹어 먹고 있는 것 보면 모르겠느냐?"

틀린 말은 아니었다.

KBO 리그에서 뛰던 박건은 메이저리그에서 성공하지 못한 것이라는 예상과 편견을 깨부순 장본인이었기 때문이었다.

그 이야기를 듣고 나니 메이저리그 타자들에 대한 공포감이 희석되는 느낌이었다.

그래서 조던 픽스가 희미한 미소를 머금었을 때였다.

"또 거짓말한다. 내가 언제 그렇게 말했어?"

박건의 목소리가 들렸다.

'박건은… 왜 여기까지 온 거지?'

내야수도 아닌 외야수인 박건이 마운드를 찾아온 것, 분명 의외였다.

그래서 조던 픽스가 의아한 시선을 던지고 있을 때, 박건이 못마땅한 표정으로 앤서니 쉴즈에게 말했다.

"메이저리그를 씹어 먹었다는 표현은 쓴 적 없다. 메이저리그에서 살아남았다고 말했었지."

"그게 그거 아냐?"

"어떻게 그게 비슷한 표현일 수 있지?"

앤서니 쉴즈를 바라보며 고개를 절레절레 흔들던 박건이 고개를 돌렸다.

"하던 대로 하면 안 돼."

박건이 던진 충고를 들은 조던 픽스가 표정을 굳혔다.

여기는 KBO 리그가 아니다. 괴물들이 득실거리는 메이저리그이니까 하던 대로 해서는 안 된다.

이런 의미가 담긴 이야기처럼 느껴져서였다.

그로 인해 간신히 밀어냈던 공포심이 다시 밀려들기 시작했을 때였다.

"보직이 바뀌었으니까."

'보직이 바뀌었다?'

박건이 덧붙인 이야기를 들은 조던 픽스의 굳어졌던 표정이 조금 풀렸다.

아까 자신이 오해했단 사실을 깨달았기 때문이었다.

조금 전 박건은 KBO 리그와 메이저리그의 수준 차를 언급한 것이 아니었다.

선발투수에서 불펜투수로.

자신의 보직이 바뀌었다는 사실을 언급한 것이었다.

"전력투구해. 그리고… 우리 팀 수비 좋다."

박건이 씨익 웃으며 충고를 더한 후 몸을 돌렸다.

다시 마운드에 혼자 남겨진 조던 픽스가 손에 들려 있던 공을 꽉 움켜쥐었다.

메이저리그 첫 등판으로 인해 흥분했고, 마운드에 오르자마자 예상치 못하게 연속 안타를 허용한 탓에 당황했다.

그로 인해 놓치고 있었던 것들이 많았는데.

이제 자신이 놓치고 있었던 것들을 깨달았다.

"자, 다시 해보자."

후우.

조던 픽스가 심기일전하기 위해서 크게 심호흡을 한 후 브라이언 할리데이를 바라보며 고개를 끄덕였다.

제9장

슈악.

부우웅.

"스트라이크아웃."

제프 맥나일을 헛스윙 삼진으로 돌려세우며 조던 픽스가 첫 번째 아웃 카운트를 잡아낸 순간, 박건이 주먹을 불끈 움켜쥐었다.

"이제 자기 공을 던지네."

KBO 리그에서 20승을 올리는 것.

결코 쉬운 일이 아니었다.

조던 픽스의 구위가 워낙 뛰어났기에 20승을 거둘 수 있었던 것이었다.

박건은 조던 픽스가 자기 공만 던진다면, 메이저리그에서도 충분히 통할 수 있다고 확신했다. 그리고 조던 픽스는 이제야 자기 공을 던지기 시작했다.

"브라이언 할리데이가 정신을 차렸구나."

그때, 이용운이 흡족한 목소리로 입을 뗐다.

조던 픽스가 아닌 브라이언 할리데이가 정신을 차렸다고 칭찬한 이유.

아까 브라이언 할리데이가 무척 적절한 타이밍에 타임을 요청하고 마운드를 방문했기 때문이었다.

'만약 타임을 요청하는 것이 늦었다면?'

조던 픽스는 계속 직구를 고집하다가 안타를 허용했을 확률이 높았다. 그리고 그때는 회생 불가의 그로기 상태에 빠졌을 것이었다.

'확실히 변했네.'

이용운의 칭찬대로였다.

예전 타성에 젖어서 경기에 전혀 집중하지 못하던 브라이언 할리데이가 아니었다.

경기에 오롯이 집중하면서 경기의 흐름을 정확히 꿰뚫어 보고 있었다.

1사 1, 2루로 상황이 변한 순간, 타석에 들어선 것은 7번 타자 아사메드 로사리오였다.

슈악.

조던 픽스가 구사한 초구는 몸 쪽 커브.

"스트라이크."

직구를 노리고 있었던 아사메드 로사리오는 반응하지 않았다.

그리고 2구째.

슈악.

조던 픽스는 바깥쪽 슬라이더를 구사했다.

딱.

아사메드 로사리오가 배트를 휘둘렀지만, 빗맞은 타구는 1루측 파울 라인을 크게 벗어났다.

노볼 2스트라이크.

투수에게 압도적으로 유리한 볼카운트로 변한 순간, 조던 픽스가 브라이언 할리데이와 사인을 교환하기 시작했다.

"몸 쪽 직구를 던질 타이밍이다."

그때 이용운이 말했다.

박건도 그 의견에 이견이 없었다.

6번 타자 제프 맥나일을 헛스윙 삼진으로 돌려세울 때, 조던 픽스는 철저히 브레이킹볼 계열로만 볼 배합을 가져갔다. 그리고 아사메드 로사리오와의 승부에서도 마찬가지였다.

두 개의 공을 모두 브레이킹볼 계열을 던졌다.

아사메드 로사리오 입장에서는 타석에서 브레이킹볼 계열을 의식하지 않을 수 없었다.

이 타이밍에 허를 찌르는 직구를 구사한다면, 분명히 효과가 있을 것이었다.

"관건은 두려움을 극복했는가 여부다."

박건이 재차 수긍했다.

조던 픽스는 직구를 고집하다가 연속 안타를 허용했었다.

'내 직구가 메이저리그 타자들에게는 통하지 않는다. 또 직구를 던지다가 안타를 허용하는 것이 아닐까?'

이런 두려움이 은연중에 생겼을 가능성이 충분했다.

그러니 두려움을 떨치고 직구 승부를 할 수 있느냐 여부가 중요했다.

그때, 조던 픽스가 투구 동작에 돌입했다.

슈아악.

잠시 후 그의 손을 떠난 구종은 직구였다.

부우웅.

몸 쪽 높은 직구에 아사메드 로사리오가 반응했지만, 브레이킹볼 계열의 공을 의식하느라 타이밍이 늦었다.

딱.

높이 솟구친 타구는 내야를 벗어나지 못했고, 3루수인 제이콥스가 여유 있게 잡아내며 또 하나의 아웃 카운트가 올라갔다.

2사 1, 2루.

타석에는 8번 타자 후안 레이예스가 들어섰다.

'초구는?'

박건이 어떤 구종을 초구로 던질지 호기심을 품었을 때였다.

슈악.

조던 픽스가 초구로 바깥쪽 커브를 던졌다

툭.

직구를 의식하고 배트를 내밀던 후안 레이예스는 커브임을 알아채고 배트 속도를 의식적으로 늦췄다.

배트 끝부분에 빗맞은 타구.

가까스로 갖다 맞힌 타구가 유격수 방향으로 느릿하게 굴러갔다.

'애매해.'

그 타구를 확인한 박건이 눈살을 찌푸렸다.

내야 땅볼 타구의 속도가 워낙 느렸기 때문에 타자 주자가 1루에서 세이프가 될 가능성이 높아 보였기 때문이었다.

'내야 안타가 돼서 만루로 상황이 바뀌면?'

그때는 지금과 상황이 또 달라졌다.

만루 홈런을 얻어맞으면 바로 동점을 허용하기 때문이었다.

해서 박건이 당황했을 때였다.

타다닷.

빠르게 대시한 폴 바셋이 맨손으로 타구를 잡자마자 1루로 송구했다.

강하고 정확한 송구가 1루수 앤서니 쉴즈가 쭉 내밀고 있던 글러브 속으로 빨려 들어갔다.

  "아웃."

  1루심이 단호하게 아웃을 선언하면서 경기가 끝이 났다.

  '수비의 정석!'

  폴 바셋이 펼친 마지막 수비 장면을 지켜본 후, 박건이 떠올린 생각이었다.

  얼핏 보면 무척 쉬워 보이는 수비 동작이었다.

  그렇지만 결코 쉬운 수비 동작이 아니었다.

  폴 바셋이 쉽게 수비를 해냈기에 쉬워 보이는 것뿐이었다.

  "내가 거짓말을 한 게 아니란 건 증명됐네."

  최종 스코어 5-1.

  경기가 종료된 순간, 박건이 환하게 웃었다.

  "전력투구해. 그리고… 우리 팀 수비 좋다."

  아까 마운드를 방문해서 조던 픽스에게 건넸던 이야기였다.

  폴 바셋의 호수비 덕분에 거짓말을 하지 않았다는 게 증명된 셈이었다.

  첫 등판을 성공적으로 끝낸 조던 픽스가 폴 바셋과 하이파이브를 나누었다.

  그런 조던 픽스의 표정에는 자신감이 묻어났다.

"단순한 1승 이상의 가치가 있는 승리다. 마이애미 말린스는 조던 픽스라는 훌륭한 불펜투수를 얻었으니까."

이용운의 평가에 수긍한 박건이 조던 픽스에게 축하 인사를 건넸다.

"메이저리그에 온 걸 환영한다."

*　　　　　*　　　　　*

뉴욕 메츠 원정 3연전에 이어 필라델피아 필리스와의 원정 3연전이 이어졌다.

짐을 챙겨서 경기장을 빠져나오던 박건이 걸음을 멈췄다.

톰 힉스 구단주가 자신을 기다리고 있었기 때문이었다.

'왜……?'

뉴욕 메츠 구단주인 톰 힉스의 등장.

전혀 예상치 못했다.

그로 인해 박건이 당황했을 때, 톰 힉스 구단주가 다가오며 인사를 건넸다.

"오랜만일세."

"오래간만에 뵙습니다. 잘 지내셨습니까?"

박건이 당황한 기색을 지우고 톰 힉스 구단주와 안부 인사를 나누었다.

"내가 잘 지냈을 것 같은가?"

잠시 후 톰 힉스 구단주가 되레 반문했다.

'잘 못 지냈겠네.'

박건이 속으로 생각했다.

미겔 카브레라 감독을 경질하고 새 감독을 선임하는 감독 교체를 단행했음에도 불구하고 뉴욕 메츠는 반등에 실패했다. 그리고 이번 3연전에서 스윕을 당하며, 내셔널리그 동부 지구 최하위로 처졌다.

뉴욕 메츠가 처해 있는 현 상황이 이러할진대 톰 힉스 구단주가 잘 지냈을 리 없었다.

더구나 뉴욕 메츠의 추락에 판단 미스로 결정적인 역할을 했던 장본인이었다.

마이애미 말린스와 뉴욕 메츠.

두 구단의 운명을 갈라놓은 2 대 4 트레이드를 주도하고 승인했던 것이 바로 톰 힉스 구단주였기 때문이었다.

'대체 왜 날 만나기 위해서 기다린 걸까?'

톰 힉스 구단주 입장에서는 친정 팀인 뉴욕 메츠의 등에 비수를 꽂은 박건을 만나는 것이 불편할 터였다.

그럼에도 불구하고 그가 왜 자신을 만나기 위해서 기다렸는지 이유를 알아내기 어려웠다.

그때, 톰 힉스 구단주가 입을 뗐다.

"한동안 후회 속에 빠져 지냈네. 차라리 자넬 KBO 리그로 보내는 게 더 나은 선택이었을 텐데 하는 후회가 컸네."

톰 힉스 구단주 입장에서는 충분히 가질 수 있는 아쉬움이
었다.

청우 로얄스 단장인 송이현이 박건을 영입하기 위해서 미국
으로 건너와 톰 힉스 구단주와 협상 테이블을 꾸렸던 상황.

당시에 톰 힉스 구단주가 결정만 내렸다면 박건은 KBO 리그
로 복귀했을 것이었다.

그랬다면 뉴욕 메츠와 마이애미 말린스 사이에 2 대 4 트레
이드도 이뤄지지 않았을 터.

뉴욕 메츠는 지금처럼 최악의 상황에 직면하지 않았을 것이
었기 때문이었다.

"이적료를 조금이라도 더 받아내자. 절대 손해를 볼 수는 없
다. 이런 욕심 때문에 2 대 4 트레이드를 단행했던 내가 그렇게
한심할 수 없었지. 하마터면 알코올 중독에 빠질 뻔했을 정도
로 내 상심이 컸었네."

"결과론적인 이야기일 뿐입니다."

"그렇게 위로해 줘서 고맙네. 그런데 이제는 많이 괜찮아졌
네. 생각을 바꿨더니 후회도 줄더군."

"어떻게 생각이 바뀌신 겁니까?"

"박건이란 선수가 계속 메이저리그에서 활약할 수 있도록 기
회를 열어준 것이 꼭 나쁜 것만은 아니다. 이렇게 생각이 바뀌
었네."

"……?"

"앞으로도 자네가 좋은 활약을 펼치는 것을 응원하며 지켜보고 있겠네. 그리고… 또 보세."

톰 힉스 구단주는 이 말을 끝으로 돌아섰다.

'왜… 저래?'

박건이 고개를 갸웃했다.

불편하고 어려운 자리를 스스로 만들었음에도 불구하고, 톰 힉스 구단주가 한 이야기 가운데 중요한 이야기는 없었다.

대체 왜 톰 힉스 구단주가 자신을 만났는지에 대한 연유를 박건이 파악하지 못하고 있을 때였다.

"톰 힉스 구단주가 찾아온 이유를 모르겠지?"

박건의 속내를 알아챈 이용운이 물었다.

"네."

박건이 솔직하게 대답하자, 이용운이 웃으며 입을 뗐다.

"헛수고를 할 뻔했구나."

"누가 헛수고를 할 뻔했단 겁니까?"

"톰 힉스 구단주 말이다. 기껏 어려운 자리를 마련했는데 후배가 말귀를 알아듣지 못했으니 헛수고를 할 뻔했던 셈이지."

이용운의 설명을 들었음에도 박건은 잘 이해가 가지 않았다.

"톰 힉스 구단주의 의도가 대체 무엇이었습니까?"

"실수를 바로잡기 위해서다."

"네?"

"각자 실수를 바로잡으려는 방법은 다르니까. 톰 힉스 구단주가 마지막에 무슨 말을 했지?"

"앞으로도 자네가 좋은 활약을 펼치는 것을 응원하며 지켜보고 있겠네. 그리고… 또 보세. 이렇게 말했습니다."

"뉴욕 메츠 구단주인 톰 힉스가 이제는 마이애미 말린스 소속 선수인 데다가 친정 팀인 뉴욕 메츠와 경기할 때마다 등에 비수를 꽂고 있는 후배를 왜 응원할까? 이상하다는 생각이 들지 않았어?"

"듣고 보니… 이상하네요."

박건이 천천히 고개를 끄덕일 때, 이용운이 덧붙였다.

"톰 힉스 구단주는 올 시즌이 아니라 내년 시즌을 보고 있는 것이다."

"그건 또 무슨 말씀이십니까?"

"또 보자고 했잖아."

"……?"

"후배는 뉴욕 메츠와 1년 계약을 맺었다. 그리고 시즌 도중에 이적한 후, 마이애미 말린스와 재계약 협상을 하지 않았다. 즉, 후배와 마이애미 말린스의 계약이 올 시즌을 끝으로 종료된다는 사실을 톰 힉스 구단주는 알고 있다는 뜻이다. 그래서 내년 시즌에 후배를 다시 뉴욕 메츠로 영입하고 싶다는 의사를 밝힌 것이다. 자신이 범했던 실수를 바로잡고 싶기 때문이지."

"설마… 그렇기야 하겠습니까?"

이용운의 설명을 무척 친절했고, 일리도 있었다.

그럼에도 불구하고 박건이 순순히 수긍하지 못한 이유.

뉴욕 메츠가 올 시즌이 끝난 후 다시 자신을 영입하는 것이 모양새가 우습다는 생각이 들어서였다.

"야구를 잘하니까."

"네?"

"후배가 야구를 잘하니까 모양새가 우스운 것을 감안하고서라도 다시 뉴욕 메츠로 영입하려는 것이다. 그리고 후배가 부담을 가질 필요는 없다."

"왜입니까?"

"의리니, 마음의 빚이니 이딴 것은 신경 쓰지 마라. 프로 선수는 돈 많이 주는 곳으로 가면 되니까."

"하지만……."

"프로는 돈으로 가치를 인정받는다."

이용운이 덧붙였다.

"절대 잊지 마라, 이게 정답이니까."

*　　　　*　　　　*

1차전 최종 스코어는 5—2.

2차전 최종 스코어는 4—1.

마이애미 말린스는 필라델피아 필리스와의 3연전 시리즈에서 첫 경기와 두 번째 경기를 잇따라 승리하며 일찌감치 위닝

시리즈를 확보했다. 그리고 마이애미 말린스가 1차전과 2차전에서 승리를 거둘 수 있었던 가장 큰 원동력은 선발투수들의 호투였다.

1차전 선발투수로 출전한 팀의 4선발투수 트레비스 리차즈는 7이닝 2실점을 기록하는 기대 이상의 호투를 펼쳤다.

2차전 선발투수로 출전한 팀의 5선발 더스틴 메이는 1실점만 허용하며 완투승을 거뒀다.

'시너지 효과.'

더스틴 메이는 좋은 투수였다.

현재 구위만 놓고 보면 샌디 알칸트라와 함께 원투펀치를 구축해도 좋을 정도였다.

필라델피아 필리스 타선을 상대로 딱히 위기도 없이 1실점 완투승을 거둔 것이 더스틴 메이의 구위가 좋다는 증거였다.

그리고 트레이드를 통해서 더스틴 메이를 영입한 또 다른 효과는 기존의 선발투수들에게 자극이 됐다는 점이었다.

더스틴 메이의 합류로 기존 5선발이었던 닉슨 페레이라가 선발 로테이션에서 탈락했다.

또, KBO 리그에서 선발투수로 활약했던 조던 픽스도 새로이 팀에 합류한 상황이었다.

조던 픽스의 경우 일단 불펜투수로 보직이 정해졌지만, 언제든지 선발투수로 출전할 수 있는 상황.

'만약 계속 부진한 투구를 펼치면 언제든지 선발 로테이션에

서 탈락할 수 있다.'

이런 경각심이 깃든 기존 선발투수들은 경기에 출전할 때마다 마운드에서 집중력을 발휘하기 때문에 기대 이상의 호투를 펼치는 것이었다.

샌디 알칸트라 VS 제이크 아리에타.

양 팀의 3차전 선발투수 대진은 에이스들의 맞대결이었다. 그리고 양 팀의 에이스들은 경기 초반 팽팽한 투수전을 펼쳤다.

1—1.

6회가 끝났을 때의 스코어였다. 그리고 7회에 접어들며 양 팀의 균열이 깨지기 시작했다.

*   *   *

7회 초 마이애미 말린스의 공격.

선두타자는 박건이었다.

2타수 1안타 1타점.

오늘 경기에서 박건이 기록한 타석에서의 성적이었다.

첫 타석에서는 좌익수 플라이, 두 번째 타석에서는 타점을 올리는 중전안타를 기록했었다. 그리고 비록 첫 타석에서 좌익수 플라이로 물러나긴 했지만, 박건의 타구는 펜스 근처에서 잡힐 정도로 비거리가 길었던 잘 맞은 타구였다.

'브레이킹볼.'

박건이 대충 수 싸움을 마친 후, 초구를 기다렸다.

슈악.

예상대로 제이크 아리에타는 초구로 슬라이더를 구사했다.

명품이라 알려진 제이크 아리에타의 슬라이더는 우타자가 느끼기에 가장 먼 스트라이크존으로 파고들었다.

딱.

마지막 순간 뱀처럼 휘어져 나가는 슬라이더의 각은 무척 예리했지만, 박건은 끝까지 집중력을 유지했다.

배트 끝부분에 맞았지만, 팔로스로우를 끝까지 가져갔기에 박건의 타구는 유격수의 키를 넘기고 떨어졌다.

좌전 안타로 출루에 성공한 순간, 박건이 못마땅한 표정을 지었다.

'좋은 공을 주지 않아.'

자신을 경계하는 투수들이 어렵게 승부한다는 사실을 느꼈기 때문이었다.

그렇지만 못마땅한 표정을 지은 것은 박건만이 아니었다.

제이크 아리에타 역시 못마땅한 표정으로 고개를 절레절레 내젓고 있었다.

바깥쪽 꽉 찬 스트라이크존에서 공 하나 정도 빠지는 제구가 완벽했던 슬라이더를 구사했음에도 불구하고 안타를 허용한 것이 불만족스러웠기 때문이리라.

무사 1루 상황에서 타석에 들어선 것은 5번 타자 브라이언 할리데이.

'기대해도 되지 않을까?'

1루 베이스와의 거리를 벌리며 박건이 속으로 생각했다.

올스타 브레이크가 끝난 후 브라이언 할리데이는 경기 중에 집중력을 발휘하기 시작하며 타격감도 상승세였기 때문이었다. 그리고 브라이언 할리데이는 초구부터 과감하게 스윙을 가져갔다.

슈악.

딱.

제이크 아리에타는 박건을 상대로 구사했던 것과 같은 바깥쪽 코스의 슬라이더를 초구로 던졌다. 그리고 브라이언 할리데이는 아까 박건과 엇비슷한 장면을 만들었다.

배트 끝에 걸린 타구는 끝까지 쫓아간 2루수의 키를 살짝 넘기고 떨어졌다.

차이가 있다면 박건의 타구는 좌전 안타, 브라이언 할리데이의 타구는 우전 안타가 됐다는 점뿐이었다.

무사 1, 2루.

연속 안타가 나오며 득점 찬스가 찾아온 순간, 타석에는 6번 타자 커티스 그랜더슨이 등장했다.

'히트앤드런.'

잠시 후 박건이 두 눈을 빛냈다.

조 매팅리 감독이 히트앤드런 작전을 지시했음을 확인했기 때문이었다.

'이것도 달라진 점이야.'

올스타 브레이크 후, 마이애미 말린스의 가장 큰 달라진 점은 선발 라인업에 큰 변화가 있다는 점이었다. 그리고 또 하나의 변화는 조 매팅리 감독이 작전을 펼치는 빈도가 늘어나고 있다는 점이었다.

'따로 떨어진 게 아냐.'

새로이 선발 라인업에 합류한 앤서니 쉴즈와 제이 콥스는 발이 빠른 편이었고, 작전 수행 능력을 갖추고 있었다. 그래서 조 매팅리 감독도 팀의 장점을 극대화하기 위한 작전 지시가 자연스레 늘어난 것이었다.

슈아악.

딱.

그리고 커티스 그랜더슨은 제이크 아리에타가 초구로 던진 바깥쪽 직구를 밀어 쳐서 타구를 1, 2루 간으로 보냈다.

일찌감치 스타트를 끊은 박건과 브라이언 할리데이가 한 베이스씩 진루하기에 충분한 땅볼타구.

1사 2, 3루로 상황이 바뀐 순간, 타석에는 앤서니 쉴즈가 들어섰다.

풀카운트까지 이어진 승부.

슈아악.

딱.

앤서니 쉴즈는 제이크 아리에타의 6구째 직구를 공략했다.

배트 상단에 맞고 뻗어나간 타구는 멀리 뻗지 않았다.

우익수가 원래 수비 위치에서 좌로 2보가량 이동해서 포구할 준비를 마쳤다.

타다닷.

박건이 망설이지 않고 태그업을 시도했지만, 홈승부를 펼쳐지 않았다.

필라델리아 필리스의 우익수는 홈승부를 포기하고, 2루 주자인 브라이언 할리데이의 추가 진루를 막기 위해서 3루로 송구했기 때문이었다.

2—1.

박건이 득점을 올리며 균형이 깨졌다.

'이것이 마이애미 말린스와 필라델피아 필리스의 차이점이야.'

더그아웃으로 돌아와 팀원들과 하이파이브를 나누던 박건이 한 생각이었다.

좌익수 박건, 중견수 커티스 그랜더슨, 우익수 피터 알론소.

세 선수가 포진한 마이애미 말린스 외야진의 수비력은 메이저리그에서도 최고 수준이었다.

일단 수비 범위가 넓은 편이었고, 세 선수 모두 어깨도 강했다.

'만약 같은 상황이었다면?'

피터 알론소는 3루로 송구하지 않고 홈송구를 했을 것이었다.

'한 베이스를 더 허용하느냐? 허용하지 않느냐?'

이 차이는 무척 컸다.

마이애미 말린스는 이 부분에서 필라델피아 필리스보다 우위에 있었다. 그리고 이 차이가 오늘 경기의 균형을 무너뜨린 셈이었다.

2사 2루로 바뀐 상황에서 타석에는 8번 타자 제이 콥스가 등장했다.

경기 후반에 추가 실점을 허용한 것이 아쉬운 걸까.

제이크 아리에타는 집중력을 잃어버렸다.

슈아악.

2볼 노 스트라이크 상황에서 제이 콥스를 상대로 3구째로 던진 제이크 아리에타의 직구는 가운데로 몰렸다.

따악.

그리고 제이 콥스는 실투를 놓치지 않았다.

우중간 코스로 날아간 제이 콥스의 잘 맞은 타구를 중견수가 노 바운드로 처리하기 위해서 슬라이딩캐치를 시도했다. 그러나 중견수의 글러브는 타구에 미치지 못했다.

툭. 툭.

바운드를 일으킨 타구는 펜스까지 굴러갔고 우익수가 잡아서 송구했지만, 타자 주자 제이 콥스가 3루까지 진루하는 것을 막기에는 역부족이었다.

3—1.

제이 콥스의 적시 3루타가 나오며 마이애미 말린스는 추가점을 올리는 데 성공했다.

더그아웃에서 지켜보던 박건의 표정이 환하게 변했다.

상하위 타선의 불균형이라는 마이애미 말린스의 고질적 약점을 극복했단 확신이 들었기 때문이었다.

"투수 교체합니다."

여기서 추가 실점을 허용하면 경기를 역전시키는 것이 불가능하다고 판단했기 때문일까.

필라델피아 필리스의 자니 지라디 감독이 굳은 표정으로 마운드를 방문했다.

선발투수 제이크 아리에타에게서 공을 건네받은 자니 지라디 감독은 불펜투수인 라울 하메네스를 투입했다.

"아직 경기를 포기하지 않았네."

필승조인 라울 하메네스를 마운드에 올린 것이 자니 지라디 감독이 오늘 경기를 아직 포기하지 않았다는 증거였다.

'감독님의 선택은?'

선발투수인 샌디 알칸트라의 타석.

아직 1이닝 정도는 더 막아낼 수 있을 정도로 샌디 알칸트라는 투구 수 관리를 잘한 편이었고, 구위도 괜찮은 편이었다.

그래서 샌디 알칸트라를 그대로 타석에 내보낼 가능성이 높다고 판단했는데.

박건의 예상은 빗나갔다.

조 매팅리 감독은 대타자를 기용하는 과감한 결단을 내렸다.

'이것도… 달라진 점이로군.'

박건이 두 눈을 빛냈다.

잭 스튜어트와 브라이언 모건.

마이애미 말린스의 필승조 역할을 맡았던 두 명의 불펜투수가 트레이드로 이적한 후, 불펜진은 붕괴되다시피 했다.

그로 인해 조 매팅리 감독은 선발투수들을 믿고 최대한 길게 끌고 가는 투수 운용을 했었다.

말 그대로 고육지책이나 다름없었던 선택.

그런데 오늘은 달랐다.

샌디 알칸트라가 호투하고 있음에도 불구하고, 7회 초 2사 3루의 추가 득점 찬스가 찾아오자 샌디 알칸트라의 타석에서 대타자를 기용하는 결단을 내렸다.

'조던 픽스, 그리고 로버트 수아레즈가 합류했기 때문이야.'

조던 픽스는 마이애미 말린스에 합류한 후 겨우 한 이닝을 던진 것이 전부였다.

로버트 수아레즈는 마이애미 말린스로 합류한 후 마운드에서 불안한 모습을 노출했다.

그럼에도 불구하고 조 매팅리 감독은 마이애미 말린스의 새로운 필승조 유력 후보인 두 선수에게 신뢰를 보냈다.

샌디 알칸트라 타석에서 과감하게 대타자를 기용하는 선택을 내린 것이 두 투수들을 신뢰한다는 증거였다.

'데릭 로이스?'

조 매팅리 감독이 대타자로 기용한 것은 데릭 로이스였다.

'나쁘지 않아.'

그 선택에 박건이 동의했다.

앤서니 쉴즈를 영입한 조 매팅리 감독은 플래툰 시스템을 가동했다.

데릭 로이스는 우투수에 약점이 있는 타자.

그래서 상대 팀의 우투수가 선발투수로 출전하는 경우에는 앤서니 쉴즈를 1루수로 기용했다.

반면 상대 팀의 좌투수가 선발투수로 출전하는 경우에는 데릭 로이스를 1루수로 기용했다. 그리고 제이크 아리에타의 뒤를 이어 마운드에 오른 라울 히메네스는 좌투수였다.

이것이 조 매팅리 감독이 데릭 로이스를 대타자로 기용한 이유.

'어떻게 될까?'

박건이 흥미롭게 데릭 로이스와 라울 히메네스의 대결을 지켜보았다.

1루와 2루가 비어 있는 상황이기 때문일까.

라울 히메네스는 데릭 로이스를 상대로 어렵게 승부했다.

슈악.

"볼."

슈악.

"볼."

1구는 슬라이더, 2구는 싱커.

두 개의 공 모두 스트라이크존에서 공 반 개가량 빠진 코스로 던졌다.

그렇지만 데릭 로이스가 유인구를 잘 참아내면서 2볼 노스트라이크로 카운트가 바뀌었다.

그리고 3구째.

슈아악.

라울 히메네스가 선택한 구종은 직구였다.

따악.

바깥쪽 스트라이크존 구석을 찌르는 직구의 제구는 잘된 편이었지만, 데릭 로이스는 완벽하게 받아쳤다.

'직구를 기다렸어.'

박건이 대타자로 출전해서 추가점을 올리는 적시타를 때려내고 1루에 도착한 데릭 로이스에게 박수를 보냈다.

우투수를 상대할 때와 좌투수를 상대할 때, 데릭 로이스는 타석에서 확연히 다른 모습을 보였다.

여유가 없다고 하면 적당할까.

우투수를 상대할 때의 데릭 로이스는 타석에서 서두르는 기색이 역력했다.

그래서 유인구에 쉽게 속는 경우가 많았다.

그러나 좌투수를 상대할 때의 데릭 로이스는 타석에서 여유가 있었다.

덕분에 유인구에 쉽게 속지 않으며 볼카운트를 유리하게 가져가다 보니 수 싸움에서도 밀리지 않았다.

이것이 데릭 로이스가 우투수에 비해 좌투수를 상대할 때 좋은 성적을 거두는 이유.

그리고 좌투수와 우투수 상대할 때 편차가 크다는 점은 데릭 로이스의 뚜렷한 약점이었다.

그런데 앤서니 쉴즈가 영입된 후, 조 매팅리 감독은 철저하게 플래툰 시스템을 가동하고 있었다. 그리고 플래툰 시스템을 가동하는 것은 데릭 로이스 입장에서는 다행이었다.

약점을 지울 수 있었기 때문이었다.

또, 마이애미 말린스 입장에서도 좋았다.

확실한 대타 카드를 지니게 됐기 때문이었다.

4—1.

점수 차가 더 벌어진 순간 이용운이 평가했다.

"마이애미 말린스도 이제 그럭저럭 팀으로서 구색을 갖췄다."

*　　　　　*　　　　　*

8회 말 필라델피아 필리스의 공격.

7회 말에 마운드에 올라서 삼자범퇴로 이닝을 마무리한 조 던 픽스에 이어서 팀의 세 번째 투수로 마운드에 오른 것은 에 디 라렌이었다.

'로버트 수아레즈가 아니라 에디 라렌을 마운드에 올렸다?'

로버트 수아레즈가 팀의 세 번째 투수로 마운드에 오를 확률 이 높다고 판단했던 박건이 의외라는 시선을 던지고 있을 때였 다.

"조 매팅리 감독은 아직 로버트 수아레즈를 신뢰하지 못한 다. 그래서 계속 실험하고 있는 중이다."

로버트 수아레즈가 불안한 모습을 노출했던 것은 부인할 수 없는 사실.

해서 조 매팅리 감독은 에디 라렌에 대한 미련을 버리지 못 하는 것이었다.

에디 라렌 입장에서는 기회가 주어진 셈.

그렇지만 에디 라렌은 조 매팅리 감독이 준 기회를 잡지 못 했다.

8회 말의 선두타자인 로크 홉킨슨에게 좌전 안타, 4번 타자 브라이언 하퍼에게 중전안타를 허용하며 금세 무사 1, 2루의 위 기에 처했다.

"투수 교체합니다."

조 매팅리 감독은 마운드에 오르자마자 연속 안타를 허용한 에디 라렌을 내리고, 로버트 수아레즈를 마운드에 올렸다.

슈악.

딱.

로버트 수아레즈는 첫 상대 타자인 제이 브루소에게 싱커를 던져서 땅볼 타구를 유도해 내는 데 성공했다.

6—4—3으로 이어지는 병살타가 만들어지면서 무사 1, 2루 상황은 금세 2사 3루로 바뀌었다.

그렇게 무실점으로 위기를 넘겨주길 기대했는데.

경기는 박건의 기대와 다른 방향으로 흘러갔다.

슈아악.

1볼 2스트라이크의 유리한 볼카운트에서 로버트 수아레즈가 선택한 4구째 구종은 직구였다.

바깥쪽 낮은 코스로 잘 제구된 직구.

따악.

그렇지만 6번 타자 앤드류 매커친은 정확히 받아쳐 우전 안타를 때려냈다.

4—2.

그사이, 3루 주자가 여유 있게 홈으로 파고들며 스코어는 두 점 차로 줄어들었다.

'아직 두 점 차니까 괜찮아.'

아직은 여유가 있다고 판단했지만, 로버트 수아레즈는 마운드에서 침착하지 못했다.

슈아악.

퍽.

7번 타자 데비 그루손을 상대로 구사한 3구째 몸 쪽 직구는 너무 깊었다.

결국 데비 그루손에게 사구를 허용하며 2사 1, 2루로 루상의 주자가 늘어났다.

이제 장타 하나면 동점을 허용하는 상황, 홈런을 허용하면 역전까지 당하는 상황이었다.

그래서 박건의 표정이 심각해졌을 때였다.

"운이 나빴다."

이용운이 불쑥 말했다.

'운이 작용할 여지가 있었나?'

그 이야기를 들은 박건이 고개를 갸웃했을 때, 이용운이 덧붙였다.

"하필 앤드류 매커친에게 직구 승부를 하다가 적시타를 맞은 것 말이다."

"......?"

"앤드류 매커친이 강속구에 워낙 강한 타자거든. 구속은 다시 올라왔는데 하필 상대가 직구에 강한 앤드류 매커친이라는 점, 운이 안 따랐다고 표현하는 게 맞다."

*   *   *

'구속이 올라왔다?'

로버트 수아레즈가 마이애미 말린스 이적 후 불안한 모습을 선보인 가장 큰 원인.

직구 구속이 부상 이전에 비해서 약 5㎞가량 감소했기 때문이었다.

그런데 이용운은 로버트 수아레즈가 부상 이전의 직구 구속을 거의 회복했다고 말했다.

재빨리 고개를 돌린 박건이 전광판을 살폈다.

153㎞/h.

전광판에 찍혀 있는 구속이었다.

'140㎞대 중후반이었어.'

올스타 브레이크 전 로버트 수아레즈가 기록했던 직구 구속이었다.

당시에 비해서 분명히 직구 구속이 5㎞ 이상 상승해 있었다.

'그런데 왜 불안하지?'

부상 이전의 직구 구속을 회복했음에도 불구하고 로버트 수아레즈는 깔끔하게 이닝을 마무리하지 못하고 여전히 불안한 모습을 노출하고 있었다.

그 이유에 대해서 고민하던 박건이 떠올린 것은 아까 로버트 수아레즈가 데비 그루손에게 사구를 허용하던 장면이었다.

'코너워크에 너무 신경을 쓰다 보니 제구가 뜻대로 안 된 거야. 지금 로버트 수아레즈는… 직구에 자신이 없는 거야.'

부상에서 회복해서 마이애미 말린스에게 경기에 출전했을 당시, 로버트 수아레즈는 직구를 던지다가 잇따라 안타를 허용했었다.

오늘도 마찬가지였다.

150㎞대 초반의 구속을 기록하는 직구가 바깥쪽 낮은 코스에 완벽하게 제구가 됐음에도 앤드류 매커친에게 안타를 허용했었다.

그로 인해 로버트 수아레즈는 자신이 구사하는 직구에 대한 자신감을 잃어버린 것이었다.

"이제… 어쩌죠?"

로버트 수아레즈의 슬라이더와 싱커가 위력을 발휘할 수 있는 조건은 직구를 섞어 던지는 것이었다. 그런데 본인의 직구에 대한 자신감을 잃어버린 로버트 수아레즈는 쉽게 직구를 던지지 못할 터.

그러니 지금보다 더 큰 위기에 봉착할 가능성이 충분했다.

해서 박건이 초조한 표정으로 질문하자, 이용운이 대답을 꺼냈다.

"투수 교체가 최선이지."

8회 말 2사 후인 데다가 상황이 급박한 만큼 마무리 투수인 브래들리 쿡을 조금 일찍 마운드에 올려도 되는 상황이었다.

'그게 최선이야.'

박건 역시 브래들리 쿡을 일찍 마운드에 올리는 것이 최선이라고 판단했지만, 조 매팅리 감독은 움직일 생각이 없어 보였다.

"투수 교체는 없을 것 같은데요."

감독석에 가만히 앉아 있는 조 매팅리 감독을 확인한 박건이 말하자, 이용운도 반박하지 않았다.

"내 생각에도 그럴 것 같다. 실험이 아직 안 끝났으니까."

"하지만……"

"투수 교체를 단행할 생각이 없으니 이제는 로버트 수아레즈가 스스로 난관을 헤쳐 나가는 수밖에 없다."

"그게… 가능할까요?"

박건이 우려 섞인 표정으로 질문하자, 이용운이 대답했다.

"가능성이 높지 않긴 하지만… 야구는 모르는 법이니까."

                    *   *   *

'야구는 모른다.'

박건이 그 말을 속으로 되뇔 때, 타석에는 대타자 필립 레이놀즈가 들어서 있었다.

슈악.

로버트 수아레즈가 초구로 던진 구종은 몸 쪽 슬라이더.

"볼."

그러나 스트라이크존을 크게 벗어났기에 볼 판정을 받았다.

슈악.

2구는 싱커.

"볼."

이번에는 너무 낮게 형성됐기에 볼 판정을 받았다.

'유인구에 속지 않아.'

타석에 들어서 있는 필립 레이놀즈가 유인구에 속으려면 로버트 수아레즈가 던지는 직구에 대한 의식을 하고 있어야 했다.

그런데 로버트 수아레즈가 직구를 던지지 못할 것을 예상했기 때문일까.

필립 레이놀즈는 유인구에 전혀 반응하지 않고 있었다.

'직구를 던져야 해.'

박건이 속으로 소리쳤다.

지금이 바로 직구를 던져야 할 타이밍이었기 때문이었다.

그러나 그게 쉬운 일이 아님을 알고 있기에 박건이 한숨을 내쉬었다.

엄밀히 말하면 박건은 훈수를 두는 입장이었다.

그래서 정확히 판세를 읽을 수 있었다.

하지만 마운드에서 타자를 직접 상대하고 있는 로버트 수아레즈 입장에서는 직구를 던지는 것이 결코 쉽지 않을 것이었다.

직구에 대한 자신감을 갖지 못하기 때문이었다.

'그래도 직구를 던져야 해.'

박건이 간절한 표정으로 바라보고 있을 때, 로버트 수아레즈가 투구 동작에 돌입했다.

슈아악.

박건의 간절한 외침이 들리기라도 한 걸까.

로버트 수아레즈는 필립 레이놀즈를 상대로 3구째에 마침내 직구를 던졌다.

"스트라이크."

바깥쪽 스트라이크존에 걸친 직구를 확인한 주심이 스트라이크를 선언했다.

로버트 수아레즈가 직구를 던질 것을 예상치 못했기 때문일까.

배트를 내밀지 않고 그냥 지켜보았던 필립 레이놀즈가 당황한 기색으로 타석을 벗어났다.

이어진 4구째 승부.

슈아악.

로버트 수아레즈는 다시 직구를 구사했다. 그리고 이번에는 필립 레이놀즈도 지켜보고 있지만 않았다.

딱.

힘껏 배트를 휘둘렀지만, 타구는 1루 측 관중석으로 향했다.

배트 스피드가 직구의 구속을 쫓아가지 못했기 때문이었다.

'됐다!'

로버트 수아레즈가 힘든 상황에서 직구 승부를 펼쳐서 유리한 볼카운트를 점하는 것을 확인한 박건이 비로소 안도의 한숨을 내쉬었을 때였다.

슈악.

로버트 수아레즈가 5구째로 싱커를 던졌다.

포수는 바깥쪽 코스를 요구했지만, 공이 가운데로 몰렸다.

게다가 싱커의 각이 예리하지 못하고 밋밋했다.

'실투!'

박건의 표정이 어두워졌다.

직구 승부에 심혈을 기울인 터라 순간적으로 집중력이 흐트러진 것이 실투가 나온 이유였다.

그리고 필립 레이놀즈는 딱 치기 좋은 코스로 들어온 싱커를 그냥 흘려보내지 않았다.

따악.

필립 레이놀즈가 힘껏 잡아당긴 타구가 투 바운드를 일으키며 빠른 속도로 1루 베이스 쪽으로 굴러갔다.

'빠졌다. 장타!'

타구가 강할뿐더러 타구의 코스도 좋았다. 그래서 최악의 경우 동점까지 허용할 수 있다고 박건이 판단했을 때였다.

쿵.

1루수 앤서니 쉴즈가 거구를 아낌없이 던지며 글러브를 쭉 내밀었다. 그리고 앤서니 쉴즈가 내민 글러브 속으로 타구가 빨려 들어갔다.

벌떡 몸을 일으킨 앤서니 쉴즈가 또 한 번 몸을 던졌다.

탁.

팍.

앤서니 쉴즈가 쭉 내민 글러브가 베이스를 터치한 것이 타자 주자 필립 레이놀즈의 발이 베이스를 밟은 것보다 간발의 차로 빨랐다.

"아웃."

1루심이 아웃을 선언하며 8회 말 필라델피아 필리스 공격이 끝났다.

8회 말에 마운드에 올라와서 지옥과 천당을 몇 번이나 오간 로버트 수아레즈가 비로소 안도의 한숨을 내쉬었다.

"엄청 자랑하겠네."

결정적 호수비를 펼친 앤서니 쉴즈가 귀가 아플 정도로 자랑할 것을 예감한 박건이 미간을 찡그리며 혼잣말을 꺼냈다.

"야구는 진짜 모르겠구나."

제10장

경기가 끝난 후, 빌 제임스가 찾아왔다.

"지난번에 신세를 졌으니 갚을 기회를 주십시오."

빌 제임스는 커피를 대접하겠다고 제안했다.

박건도 그의 제안을 사양하지 않았다.

"오늘 경기 재밌었습니다."

주문한 음료를 한 모금 마신 후 빌 제임스가 말했다.

'표정이… 어둡지 않네.'

최종 스코어 4-2.

필라델피아 필리스는 오늘 경기마저 패하며 마이애미 말린스에 스윕을 당했다. 그럼에도 불구하고 빌 제임스의 표정과 목소리는 어둡지 않았다.

'애사심이 강하지 않은 건 확실해.'

박건이 속으로 생각할 때, 빌 제임스가 다시 입을 뗐다.

"마이애미 말린스는 강팀이 됐네요."

그리고 필라델피아 필리스의 스카우터인 빌 제임스의 마이애미 말린스에 대한 평가는 이용운과 달랐다.

"과연 올 시즌이 시작될 때의 마이애미 말린스와 같은 팀이 맞는가? 이런 의문이 들 정도로 강팀이 됐습니다."

빌 제임스는 올 시즌 초반과 비교하면 백팔십도 달라진 마이애미 말린스의 면모에 감탄을 금치 못했다.

"너무 과한 평가입니다. 이제 겨우 지구 최하위에서 벗어났을 뿐이니까요."

박건이 과한 평가라고 말했지만, 빌 제임스는 자신의 주장을 굽히지 않았다.

"저희 필라델피아 필리스와의 3연전 시리즈에서 스윕승을 거뒀기 때문에 이런 말씀을 드리는 것이 아닙니다. 올 시즌 초반의 마이애미 말린스는 형편없는 팀이었습니다. 과연 어디서부터 어떻게 손을 써야 할지 감조차 잡기 힘들 정도였습니다. 그런데 지금의 마이애미 말린스는 분명 좋은 팀이 됐습니다. 어쩌면… 포스트시즌 진출도 꿈이 아닐 정도로 말입니다."

'월드시리즈 우승이 우리 팀의 목표입니다. 이렇게 대답하면 빌 제임스의 표정이 어떻게 변할까?'

퍼뜩 이런 호기심이 깃들어서 박건이 희미한 웃음을 머금었을 때였다.

"잭 대니얼스 단장이 전략을 잘 짰네요."

빌 제임스가 돌연 잭 대니얼스 단장을 칭찬했다.

"무슨 말씀이십니까?"

"기만 전략을 제대로 구사했어요."

"……?"

"마이애미 말린스가 트레이드 시장에 뛰어들었을 때, 대부분의 팀들은 리빌딩의 일환이라고 판단했습니다. 즉, 올 시즌을 버리고 내년 시즌을 목표로 트레이드를 통해서 전력을 보강하는 것이 목적이다. 이렇게 확신했습니다. 그래서 마이애미 말린스와 같은 지구에 속해 있는 내셔널리그 동부 지구 구단들도 별 거리낌 없이 트레이드에 합의했습니다. 제가 소속되어 있는 필라델피아 필리스 구단도 마찬가지죠. 그런데 이제 와 돌이켜 보니 잭 스튜어트 단장의 기만 전략에 당한 것 같습니다. 마이애미 말린스가 트레이드 시장에 참전한 이유, 리빌딩이 목표가 아니라 원나우가 목표였단 생각이 자꾸 들거든요."

빌 제임스가 말을 마친 순간, 박건의 입가에 머물러 있던 미소가 짙어졌다.

'이제 알아챘네.'

그의 짐작이 옳았다.

트레이드 시장에 참전했던 마이애미 말린스의 진짜 목표는 리빌딩이 아니라 원나우였다. 그렇지만 기만 전략을 사용한 것은 잭 대니얼스 단장의 공이 아니었다.

어디까지나 이용운의 머릿속에서 탄생한 전략이었으니까.

"내 전략이 제대로 먹혔구나."

어김없이 이용운이 생색을 냈다.

'생색낼 만해.'

메이저리그 단장들은 바보가 아니었다. 야구의 본고장이라 할 수 있는 미국에서 태어나 산전수전을 다 겪은 백전노장들이 대부분이었다. 그런데 이용운은 그들을 상대로 기만 전략을 구사해서 속여 넘긴 것이었다.

"이제 늦었다."

"⋯⋯?"

"지금 와서 후회해 봐야 소용없단 뜻이다."

이용운의 말이 옳았다. 마이애미 말린스는 트레이드 시장에서 얻을 수 있는 것을 모두 얻어낸 후였다. 덕분에 빌 제임스가 감탄을 마지못할 정도로 강팀으로 변모한 것이었고.

"휴스턴 애스트로스나 뉴욕 양키스, LA 다저스, 그리고 애틀랜타 브레이브스 같은 강팀과 비교하면 아직 한참 모자랍니다."

잠시 후, 박건이 아직 마이애미 말린스는 부족하다고 주장했다.

그 주장을 들은 빌 제임스는 반박하는 대신 고개를 끄덕이며 수긍했다.

"맞습니다. 강점이 뚜렷하지 않으니까요. 잘 아시다시피 휴스턴 애스트로스와 뉴욕 양키스는 폭발적인 타선의 힘이 강점입니다. 그리고 LA 다저스와 애틀랜타 브레이브스는 투수진의 뎁스가 아주 깊다는 것이 강점이죠. 그런데 마이애미 말린스는 특출나거나 뚜렷한 강점이 보이지 않습니다."

'정확한 지적.'

박건이 빌 제임스의 정확한 지적에 감탄했다. 마이애미 말린스의 타선은 뉴욕 양키스나 휴스턴 애스트로스와 비교하면 중량감이 많이 떨어지는 편이었다. 또 마이애미 말린스의 투수진도 LA 다저스나 애틀랜타 브레이브스와 비교하면 뎁스가 얕은 편이었다.

'스타플레이어가 부족한 것은 사실이지.'

박건이 속으로 생각했을 때였다.

"그런데… 이상합니다."

빌 제임스가 고개를 갸웃하며 입을 뗐다.

"뭐가 이상한 겁니까?"

"마이애미 말린스라는 팀이 이상합니다."

"어떻게 이상하단 겁니까?"

"팀 컬러가 끈끈하다고 할까요? 타선도 투수진도 특출난 것은 없는데 이상하게 강팀처럼 느껴집니다."

한 베이스를 더 진루하는 기동력 야구, 그리고 한 베이스를 덜 허용하는 수비력. 이 두 가지가 마이애미 말린스가 강팀으로 변모한 진짜 이유였다. 그러나 빌 제임스는 아직 거기까지는 파악하지 못한 듯했다. 그래서 갑자기 강팀으로 변모한 마이애미 말린스의 변화에 대해서 딱히 설명할 말을 찾기 힘든 걸까. 한숨을 내쉬며 고민하던 빌 제임스가 덧붙였다.

"그래서 어느 팀과 붙어도 쉽게 질 것 같지 않습니다."

＊　　　　　＊　　　　　＊

쾌조의 6연승.

올스타 브레이크 후, 마이애미 말린스는 연승 가도를 내달리고 있었다. 그뿐이 아니었다.

올스타 브레이크 직전에 열린 6경기에서도 마이애미 말린스는 5승 1패를 기록했었다. 올스타 브레이크 전후 12경기에서 마이애미 말린스의 성적은 11승 1패.

대단한 호성적을 거두고 있었다. 덕분에 내셔널리그 동부 지구 최하위에서 탈출했을 뿐만 아니라, 지구 3위인 필라델피아 필리스와의 격차도 3경기 차로 좁히는 데 성공했다.

그래서일까. 잭 대니얼스 단장의 표정은 무척 밝았다.

"우리 팀이 드디어 지구 최하위를 탈출했군."

그는 마이애미 말린스가 지구 최하위에서 벗어난 것에 큰 의미를 부여했다. 하지만 조 매팅리는 환하게 웃지 않았다.

아직 만족하기에는 너무 일렀기 때문이었다.

"겨우 지구 4위가 됐죠."

"겨우 지구 4위?"

"네."

"하핫, 개구리 올챙이 적 생각 못 한다는 말이 괜히 있는 게 아니로군. 예전 생각을 해보게. 아니, 예전이란 표현을 사용하기도 그렇군. 올 시즌 초반의 마이애미 말린스를 떠올려 보게. 지금의 마이애미 말린스와 비교하면 얼마나 형편없는 팀이었는지 말일세."

이번에는 조 매팅리도 반박하지 않았다.

올 시즌 초반의 마이애미 말린스. 자신이 지휘봉을 잡고 있었지만, 형편없다는 표현이 딱 어울리는 팀이었으니까.

그러나 뉴욕 메츠와 단행한 2 대 4 트레이드를 시작으로 연쇄 트레이드를 단행한 후, 마이애미 말린스는 환골탈태란 표현이 어울릴 정도로 괜찮은 팀으로 변했다. 그리고 마이애미 말린스가 괜찮은 팀으로 변모하고 나자, 조 매팅리는 욕심이 생겼다.

'지구 우승!'

마이애미 말린스의 감독으로 선임됐을 때, 조 매팅리가 취임 일성으로 밝혔던 목표였다. 그리고 조 매팅리는 올 시즌에 그 목표를 달성할 계획이었다.

"지구 우승이 제 목표라고 밝혔던 것, 단장님도 기억하고 계시죠?"

"물론 기억하고 있네. 내 입장에서는 자네가 그 목표를 달성해 준다면 더할 나위 없이 좋겠군."

"무슨 수를 써서라도 올 시즌에 달성할 겁니다."

"……?"

"그래서 인터리그에서 승부수를 던질 겁니다."

지구 우승을 원하는 것. 조 매팅리만이 아니었다.

기만 전략까지 구사해 가면서 원나우를 목표로 연쇄 트레이드를 주도했던 잭 대니얼스 단장 역시 지구 우승을 간절히 원하고 있었다.

"승부수를 던지겠다?"

"인터리그에서 최대한 많은 승리를 거두면서 지구 선두 팀인 애틀랜타 브레이브스와 벌어진 격차를 좁혀야만 역전 지구 우승을 노려볼 수 있으니까요."

일리가 있다고 판단할 걸까.

잭 대니얼스 단장이 고개를 끄덕이며 질문했다.

"자네가 준비한 승부수가 대체 무엇인가?"

조 매팅리가 힘주어 대답했다.

"박건 활용법을 극대화할 겁니다."

『내 귀에 해설이 들려』 14권에 계속…